Miami Blue y otras historias

Nagari
Colección holarasca

Miami Blue y otras historias
Primera Edición 2019/First Edition 2019

DR © Xalbador García

Fotografía de portada: Aerojet Dade Rocket Facility – Everglades Series.
Miami, FL DR © by Cheryl Ferrazza

DR ©Published by katakana editores 2019

Editor: Omar Villasana
Diseño: Elisa Orozco
DR ® Fotografías de interiores: Cheryl Ferrazza

ISBN: 978-1-7321144-8-7

katakana editores corp.
Weston FL, 33331
✉ katakanaeditores@gmail.com

Xalbador García

Miami Blue
y otras historias

COLECCIÓN
holarasca

katakana
editores

Índice

A Dainerys Machado…
a 90 millas de La Habana

NAMIF

FOOD & D

*COLD BEER *WINE *SOD.
LOTTO * CIGARETTES *
EBT FOOD STAMPS

Esta es la noche,
quien no pudo sentirla así no la conoce.
JUAN CARLOS ONETTI

Angie

MÁS POR UN ASPECTO ECONÓMICO QUE MORAL, Angie dejó de consumir cocaína. Desde que a su díler le dejaron de excitar las nalgas de una ex estrella porno, ella tiene que pagar sus drogas. Carece de recursos para comprar más de tres churros de mariguana a la semana y cuatro botellas de whisky Evan Williams, a 14 dólares con descuento en El Navarro. En El Exquisito, el café cubano de la Calle Ocho donde trabaja, las propinas no son malas, pero la mitad tiene que destinarla a su hija Catrina, de ocho años, que vive en Oklahoma con su abuela. Con la otra parte paga el alquiler del departamento y la comida de la semana. Como no vive con su hija y tampoco es vieja, se encuentra impedida para solicitar ayuda del Plan Ocho del gobierno que, por lo menos, la salvaría de la renta. Entiende perfecto la ecuación neoliberalista: sin dinero está excluida para valer madre de la forma en que añora.

Además es rubia. En su juventud, la belleza redneck que presumía la llevó a California. Sexy Blonde es la categoría de *Xvideos* donde aparecen sus películas. Angie rehúye pedir asistencia social. Si fuera negra sería más fácil presentarse en la oficina del condado de Miami Dade a solicitar dinero para drogas, piensa algunos sábados como éste, en que ha salido al patio del edificio esperando verme para pedir —sin ser yo parte del gobierno, sin ser yo parte de este país, sin tener siquiera documentación que haga legal mi estancia aquí—, para pedir un jalón de mota junto a unos tragos de mezcal Xacrificio. Importado directamente de Quanáhuac, según la etiqueta.

En el patio se encuentra la lavandería del pequeño edificio de dos pisos, construido en los años treinta, cuando la Pequeña Habana ni siquiera imaginaba el rumor cubano con la que se conoce actualmente. El patio presume en su centro el gran árbol de buceras, nacido mucho antes de las construcciones de la zona. Su sombra invita a despreciar el asfixiante aire acondicionado. Como otros vecinos, me gusta salir a fumar en la mesa de plástico, sucio y roído, que los dueños han colocado como promesa incumplida de mejoramiento del lugar. A veces encuentro botellas vacías en el suelo, a veces condones usados o casquillos de balas provenientes de la casa vecina habitada por hondureños. En las menos, hallo a la delgada y carcomida rubia observando el cielo, disimulando su espera, mirando las mariposas.

Nunca pide nada. Eso me gusta. Le explico que esas mariposas se llaman Miami Blue, que son endémicas del sur de La Florida y que deben ser las últimas. Están por extinguirse, como todo en la ciudad. Entonces voltea su cabeza hacia mí, saluda y empieza a contarme alguna historia de los hondureños. No miente aunque pocas veces dice la verdad completa. Cuando sus palabras tropiezan con el aburrimiento en mi rostro, cambia el rumbo de la charla. Habla sobre su vida. Para tu novela sobre Miami, dice, y suelta un parloteo que ignoro si es real o ficticio. No me importa. Resulta idóneo en una tarde de sábado como éste cuando el deseo y la esperanza ni siquiera han salido de sus letargos.

En Los Ángeles llegué a la cima cuando pude hacer el doble anal. Me buscaban los directores dos o tres veces por semana. Pero no te confundas, mexicano, sólo aceptaba una de esas escenas una vez al mes. La pagaban cuatro veces más que las vaginales. Ignoras lo que es cagar sangre aún 40 horas después de haber filmado la película. Aunque claro, todavía conservo elocuentes rasgos de profesionalismo. Cuando quieras puedo mostrarte.

Ante la propuesta de Angie decido reírme con una carcajada gutural antes que mostrarle el desprecio que siento hacia ella. No debe pasar los 33 y su cuerpo apenas recuerda lo que fue una sensualidad desafiante. He visto sus películas, me he masturbado con sus películas, pero frente a ella el deseo se convierte en asco. Un asco profundo, silencioso, amigable, como el asco que debe existir entre los matrimonios viejos antes de dormir. Pero se lo oculto. Creo en la dignidad de la podredumbre. Eso se respeta. Venga, Angie, un trago de Xacrificio. Y le saco la botella que ella esperaba. Embucha y no cuenta más. Yo tampoco. En silencio va parpadeando el cielo. En silencio, el cielo naranja, hermoso y fotogénico, amenazador y sangriento, de Miami. ∎

Alberto

LOS VIDRIOS EN EL BRAZO HACÍAN BROTAR HILOS rojos. Estaba en el piso, jadeante, con los ojos también ensangrentados. Sobre las baldosas del edificio, que intentaban estérilmente ser elegantes, Alberto parecía un cuerpo roto, ahogado en el charco púrpura. Cuando me acerqué no me reconoció. Quiso gritar previendo un golpe ficticio. Soy yo, cálmate. A los 78 años la vida se le había convertido en girones de violencia. Más por el temor que por la confianza, trató de controlarse. Me miró suplicando. Lo tomé por las axilas para sentarlo en el piso.

Trataba de explicarme su caída. Con las cosas que llevaba en las manos perdió el equilibrio y se fue de bruces contra una de las mesas de cristal que poblaban el edificio. Era peligroso mantener ese tipo de muebles en el pasillo, verde y sucio, cuando la mayoría de los inquilinos rebasaban los 70 años. Alberto ignoraba las reglas de seguridad que los dueños violaban al permitir la acumulación de cacharros en las áreas comunes. Alberto ignoraba cualquier rasgo de vida más allá del departamento de donde esa tarde lo echaban.

Dejé la candela encendida, se justificó llorando. Nada podía decirle. Yo había sido testigo de la crónica que intentaba hacerme. La noche del amago de incendio llegó una docena de bomberos para desalojar a los vecinos. En medio de la Calle Siete, en la Pequeña Habana, nos encontramos mirando cómo el humo, desde la ventana de Alberto, parecía un largo lamento de hombre viejo. Todo el segundo piso del edificio amenazaba con arder. Para cuando pudimos entrar, la decisión estaba sellada. Alberto no podía seguir viviendo en el edificio. Estaba viejo y solo en un país vedado para la vejez, no para la soledad.

Tenía que irse, alejarse del sitio donde podía causar problemas. Vino una trabajadora social y le dio una tarjeta con una dirección. La tarjeta era linda. Pero nadie, ni familia, ni trabajador del gobierno, lo asistió durante la mudanza. En una camioneta que ignoro de dónde sacó, Alberto ponía las cosas que le quedaron tras el incendio. Una olla reina, una imagen de la Virgen del Cobre, unas tazas y bolsas de plástico con café, sopa, pastas. Cuando las sacaba de su departamento, no vio la mesa de cristal, o tal vez la olvidó, y se precipitó contra los vidrios. Parecía un cuerpo roto, ahogado en el charco púrpura cuando me despertó el ruido.

Salí al pasillo, ahí estaba, desangrándose, saboreando en el piso los años que deben saber a mierda cuando se pudren. No te preocupes, Alberto, que yo te ayudo. Traté de limpiarle un poco la sangre. Ven acá. Siéntate y respira. Luego de un rato se negaba a bajar hacia el patio delantero, donde estaba la camioneta. Venga, no te preocupes, no me robo nada de tus cosas, las tomo del departamento y te las llevo inmediatamente. No seas melindroso, pinche viejito. Soltó un sonido amargo como intento de risa.

Mientras bajábamos, calé el hedor de Alberto. Era agrio. En el olor reconocemos la miseria, pero también la bondad. En la banqueta, frente a la camioneta, lo dejé jadeando. Me pidió que olvidara las cosas que faltaban, que ya tenía lo suficiente y que se iba de igual forma. Espera, no tardo ni cinco minutos. Subí y abrí el departamento. Media sala estaba chamuscada por el fuego, la habitación percudida por el moho y la cocina revestida de cochambre. Lo único que faltaba por bajar era un álbum de fotografías y un crucifijo de 65 centímetros. Escuché el motor de la camioneta. Alberto dejaba sus últimas pertenencias. Un dios y unas imágenes de personas que ya no le harían falta en su próxima, la última de sus casas en Miami. ■

El hombre y la mujer

La mujer y el hombre eran voces, en ocasiones carnales, en otras melancólicas, detrás de la puerta escamada. Había un rosario de palabras que se volvía un sonido más avecindado a la angustia que al gozo. Desde el balcón que daba a la Calle Siete, donde por las noches intentaba fumar los habanos de Alberto, escuchaba la peregrinación de lamentos. A esa hora los viejos del edificio se habían ido a dormir y entonces podía disfrutar del aire y el tabaco sin tener que regalar estériles sonrisas a esos rostros ligados a la muerte. Me hastiaban sus gestos acompañados de cansancio. Con la soledad y el silencio, el hombre y la mujer se iban haciendo palabras y luego jadeos y luego lloriqueos y luego nada, como una ofrenda diaria a la miseria compartida.

Ante los otros habitantes del edificio se amparaban en su mutismo. Rutinariamente el hombre soltaba un saludo cuando lo encontraba en los pasillos. Vestía un pantalón y una camisa tapizados con huellas de la construcción donde trabajaba. La mujer, en cambio, ni siquiera levantaba la cabeza. Caminaba mirando el suelo. Rehuía al contacto con cualquiera que no fuera el hombre. Es curioso que nunca los topé en la lavandería del patio trasero. Posiblemente componían una pareja de ilegales lacerada por su pasado en un país donde la existencia se restringe a estatutos migratorios. Sin papeles, ni los sueños ni los deseos cruzan la frontera.

La mujer era casi una anciana y el hombre apenas sorteaba los treinta. Salían juntos, temprano. Llegaban solos cada uno con una nueva historia de su desdicha. El hombre saludaba cuando lo encontraba con una breve inclinación de cabeza. Nadie sabía sus nombres. Por su forma de caminar y vestir podrían haber sido centroamericanos. Eso lo suponía también Lucía cuando hablábamos sobre ellos. Son unos hijoeputas pobres venidos en La Bestia que andan escapando de la migra. Cada día son más los que enmierdan Miami. Tenía razón Lucía. Con apenas dieciséis años sustentados en sus dos pequeñas tetas morenas, ella tenía razón. Cada día éramos más en esta ciudad dispuesta a maquillarse de paraíso para ocultar el horror que le daba vida.

Por la noche y solo, volvía el ritual del desencanto. Primero la mujer llegaba con ese pasado que le impedía levantar la mirada. Luego el hombre se apersonaba. Sucio y cansado como su propia alma. Ajetreo de trastos y procesos domésticos, tan tediosos como necesarios. Tras de ellos las palabras, la agitación, los gemidos y el llanto. Algunas veces, al oírlos jugaba a contar sílabas y acentos en el aire. Imaginaba que las murmuraciones se convertían en versos que, como un rezo, la mujer y el hombre se repetían para reencontrarse con su dios, un dios también ilegal, que los cuidaba desde la suciedad de su país.

Deseé que esas vidas tuvieran un sentido poético porque en el infierno unas cuantas iluminaciones pueden ofrecer misericordia. Deseé que fueran palabras vertidas a poesía que se esparcía en jadeos y luego en lágrimas de felicidad por el deseo consumado. Deseé que, cada noche, fuera una litúrgica de versos entre dos seres unidos por la desgracia. Lo deseaba incluso aún más cuando por las mañanas la mujer dejaba ver fragmentos de su rostro con marcas de dolor. Ojos rojos con márgenes morados. Labios rotos enmarcados por mejillas hinchadas.

El día de la deshonra, el hombre salió solo de su departamento. Me vio y volvió a saludarme sin prisa. Se fue con su mochila al hombro, sus botas industriales y su pantalón aún sucio. Sonrió por primera vez. El gesto heló mis horas. Eso mismo fue lo que conté a los agentes de la policía que llegaron a buscar a la mujer o a su cuerpo. Supimos entonces que ella se llamaba Esperanza y, sí, era una ilegal de mierda. ◾

Jaia

DORMÍA EN EL PASILLO CUANDO NO ENCONTRABA las llaves de su apartamento. La veía tirada en el piso, con su bata de casa gris y sus años inexpugnables. Un frío ficticio la hacía temblar. Afuera de su manto de sueño, el calor de Miami amenazaba de muerte. Con el verano incrustado en el calendario, ni durmiendo sobre las baldosas se podría sentir alivio ante lo caldeado del aire.

Jaia no abría los ojos sino hasta que llegaba Pedro, el cubano encargado de la manutención del edificio. Vamos pa' dentro. Y la sacudía infantilmente por los hombros para hacerla pasar a su departamento, unos minutos antes abierto con la llave maestra. Él nunca entraba. Lo tenía prohibido por la propietaria que daba unos chillidos de perro herido y amagaba con atacar si alguno se atrevía a cruzar el umbral de la puerta. Se convertía en bestia aquella mujer arraigada en la soledad.

Varias veces la encontré en la parada del autobús. No iba a ningún sitio. Jaia se refugiaba bajo el techo del paradero para pedir 50 centavos o un dólar a los transeúntes. Me veía y extendía la mano. Nos habíamos cruzado por el pasillo del edificio, pero parecía no reconocerme como su vecino o más bien rechazaba su cercanía con cualquiera. Pedir limosna diluía vínculo alguno con la existencia a su alrededor.

Hubo sólo dos seres que vi interactuar con Jaia: un perro y un hombre. La veía pasear a un pequeño French Poodle que, en otro tiempo, había sido blanco. Cuando caminaba junto a su posible dueña, el color del animal se confundía con el de la bata de Jaia. Nunca lo escuché en el edificio, donde los animales están prohibidos, por lo que me causaba curiosidad verlo aparecer de vez en cuando, por la calle, con una correa cochambrosa, de la mano de Jaia.

El hombre no estaba tan sucio como el perro o ella, pero su físico abonaba más al desprecio. A los viejos adictos de La Pequeña Habana, les vendía bolsitas con algo que él aseguraba era cocaína. Los hondureños, dueños de la plaza, ni siquiera lo tomaban en serio. En las casas abandonadas de la Calle Siete, ocupadas como estacionamiento del Ball and Chain los fines de semana, lo vi entrar junto a Jaia. Se masturbaban mutuamente y el acto terminaba, no con el orgasmo, sino con la negativa de alguno de los dos cuando la pareja exigía sexo oral. You're dirty, asshole.

Jaia desapareció días y luego semanas. En la puerta de su apartamento se fueron acumulando los avisos de la trabajadora social. Primero se trataba de documentos de citas. Se le exigía a Jaia reportarse en la oficina gubernamental cuya dirección marcaba la hoja. Luego los avisos eran para los vecinos: si usted sabe el paradero de esta mujer —ahí venía el retrato de Jaia— repórtelo a las autoridades al teléfono…

Cuando su desaparición se hizo evidente, entré al departamento. Buscaba algo de valor que me regresara los dólares que le había dado a Jaia como dádiva. Había periódicos y páginas de libros pegados en la pared. Una cama con apenas una sábana vociferaba podredumbre y, en la cocina, entre el café y el azúcar regados, pataleaban grandes cucarachas. En los cajones encontré un pequeño crucifijo de plata, demasiado fútil como para salvar almas. La bata de Jaia en el baño estaba tendida sobre las cajas de los libros con los que ella decoraba el espacio. Posiblemente buscaba en ellos las palabras que un día se le extraviaron en el infierno de Miami. ∎

Ernesto

CADA JUEVES ERNESTO PASABA AL NAVARRO a comprar tres botellas de ron Havana Club. El mejor desde siempre, desde antes del triunfo de la Revolución. Iba directo a su departamento y se encerraba con la luz apagada pretendiendo abollar el insomnio que se le había enquistado por más de cuarenta años. Sus amigos del parque del dominó no lo esperaban los viernes. Nunca iba los viernes. Los viernes son de mala sangre en estas tierras cuando traes la muerte como sombra.

Los viernes Ernesto cambiaba las mañanas de fichas de diez puntos por los fantasmas desgajados en sus recuerdos. Hablaba con ellos. Pretendía una reconciliación con sus noches, pero los santos no entendían de apaciguamiento para los traidores. Desde la madrugada tomaba a pequeños sorbos el ron que sabía a La Habana, al cuerpo de mujer sudado caminando por el malecón, a los besos como promesa de reconciliación con el Mundo. Creía entonces escuchar tambores. Uno a uno con los golpes se le venían trozos de la oscuridad. ¿Por qué nos mataste, Ernesto? ¿Por qué nos traicionaste? Y los enfrentaba. A todos esos comemierdas los enfrentaba con alcohol, con la desesperación y con la amargura que provocan las noches de insomnio.

Con la luz del mediodía llegaba la disposición para la tregua. Los párpados le causaban una especie de comezón que lo desconcertaba. No sabía cuánto tiempo había podido dormir ni cuánto tiempo había estado tragando lamentos de su alma. Ante la turbación, volvía a ver los rostros, sombras de los rostros en la playa ensangrentada. ¡Viva la Revolución! En la cocina preparaba café La Llave. Apaciguaba el hambre con el líquido oscuro. Comprendía que la pasividad de las horas iba a volverse turba nuevamente entrada la tarde. Vivía en un mar alebrestado desde su conciencia nocturna.

Ernesto se avergonzaba de su vejez alimentada por la derrota. Siempre quiso terminar sus años con mujer e hijos, con la tierna mansedumbre del destino cumplido. Pero se le cruzaron los barbudos y la Sierra Maestra y los combates y los asesinatos para los que él había demostrado talento y luego la huida en balsa y el miedo a ser reconocido en Miami como uno de los comunistas torturadores de La Cabaña y cuando había llegado y se había confundido como un inmigrante más las voces le arrebataron sus noches. El Havana Club servía para endulzar la amargura, pero no para seducir la paz necesaria del sueño.

La marea de recuerdos se iba embraveciendo con las horas. El fin de semana era el tiempo de la angustia y el desconsuelo para Ernesto. Cuando el lunes volvía de las sombras las ansias se le calmaban. Salir con los amigos del parque, jugar dominó, comprender que a nadie le importaba un anciano de bastón que comía bocaditos de jamón y queso. Eran los días que se permitía sonreír antes de caer otra vez en la zozobra de la noche. La costumbre hacía del infierno un lugar llevadero, pensaba Ernesto hasta que me conoció. Me dijo que si yo era colombiano necesitaba un favor. Soy mexicano, le dije. Mejor aún, respondió. Necesito un poco de mariguana que me ayude a conciliar el sueño.

El sueño está hecho para el descanso del cuerpo, pero nadie puede descansar cuando se le ha podrido el alma por asesino. Ernesto me miró callado en el patio del edificio y se retiró cargando su desgracia. No comprendía cómo un mexicano recién llegado podría conocer sus secretos. Tal vez pensó que estaba alucinando. Tal vez pensó que yo era otro de sus muertos que lo seguían en la peregrinación de las sombras. Tal vez pensó que me había mandado su gobierno. Luego de mi amenaza Ernesto no salió de su departamento por dos semanas. El mar de su mente se había desbordado. ∎

Lucía

SU BOCA FUE HASTA MI HERIDA Y CHUPÓ MI SANGRE. El hondureño que me había amenazado de muerte estuvo a punto de cumplir su promesa. De la pierna Lucía fue subiendo hasta mi ingle. Me sacó el pantalón para tener libre mi coxis. Fue lamiendo mi pene desde el glande hasta el escroto. Poco a poco una manta de placer iba cubriendo mi vientre y mis párpados. El otro lado de la muerte no es la vida, sino el placer.

Tomó una de mis manos y la llevó hasta su seno. Con la mitad de mi palma podía cubrirlo. Tenía el pezón despierto, que yo acariciaba entre las yemas de los dedos. El tacto la hacía gemir. Mientras el tiempo avanzaba, en ocasiones ella succionaba la cabeza de mi verga y se la introducía en la boca hasta llegar al tronco. Something in your smile was so exciting.

Se levantó. De espaldas se quitó el pantalón y pude ver las nalgas que se sostenían sobre dos piernas, delgadas y morenas, que terminaban en una deliciosa división que hacía adivinar la estrechez de su vagina coronada por un ano cerrado y palpitante. Me paré tras su torso. La abracé. Qué dolor por el balazo, ni qué la chingada. Mi verga estaba enhiesta. Con su mano derecha la llevó a su culo y, con la derecha, se empezó a tocar el clítoris. No intentaba que la penetrara, sino más bien que le estimulara el ano mientras se dejaba llevar por la marea de su primer orgasmo.

Lucía conocía cada pliegue de placer que su sexo podía ofrecer. Se agitó despacio. Dio un jadeo intenso. Soltó mi verga y se volteó para quedar frente a mí. Me tumbó en la cama y fue llenando mi glande con su vagina, ya para ese instante, húmeda en exceso. Arriba de mí, ella se movía degustando cada rincón donde el roce se volvía delicia. Something in my heart told me I must have you. Su voz aguda me anunciaba que se preparaba para venirse.

El cambio de ritmo implicó que me empezara a golpear el rostro. A cada bofetada su placer iba incrementándose. Justo cuando llegó al clímax, la tomé por los hombros y la tiré de espaldas sobre la cama. Aún gemía al momento de que empecé a pegarle, con palma abierta, en el rostro. Le saqué la verga de la vagina y se la metí en el culo. Gritó de desconcierto. ¡Me estás cogiendo el culo! Dale, despacio y luego un poco más fuerte. Siento que me partes en dos. Escucharla me calentó aún más y sentí cómo mi pene era succionado con fuerza por sus nalgas.

Eyaculé una y otra vez. El semen salió y le tatuó las piernas. Lucía me miraba sin parpadear. Estaba muda. Nos quedamos así varios minutos que podían haber sido horas. Quiero orinar, voy al baño. No, méame encima. Fuimos hasta la tina y se puso de rodillas frente a mí. Su rostro no se movía. Me estaba viendo como si ofreciera su cuerpo entero a mis deseos. Comprendí el significado del sacrificio. Era mía. El chorro de orina la empapó. Está caliente. Siguió gimiendo mientras el líquido le recorría los senos y el vientre y llegaba hasta el clítoris. Cuando acabé, llevé mi boca a su frente. Hervía.

Strangers in the night... esa fue la primera vez que Lucía llegó hasta mi departamento buscando mi cuerpo y no la mariguana o la cocaína que siempre me pedía. Desde el inicio de la transacción le intercambié la droga por sexo oral. En aquellas ocasiones Lucía se sentía humillada. Dos gotas de agua rodaban por sus ojos, enmarcados con rimel negro, cuando me miraba arrodillada frente a mis piernas. Su talle delgado bajo la playera negra hacía que imaginara completo su cuerpo de dieciséis años.

Lucía tenía que comprender que la misericordia en la vida no es más que un discurso hueco regalado a los miserables. Si buscaba su recompensa tendría que pagarla. Así se lo hice saber luego, cuando sus visitas se incrementaron y yo dejé de conformarme con una mamada. La penetraba por las mañanas, ese tiempo muerto en que su madre había salido a cubrir las pocas horas de trabajo que le exigía el Plan Ocho del gobierno con el que vivían Lucía y su hermano menor. Al principio ella no se movía. Le aterraba sentirme dentro.

Un día gris, nacido tácitamente para la desgracia, me confesó que los empellones le recordaban el dolor de la violencia con que su padre le había arrebatado la virginidad a los doce. De aquella experiencia, Lucía aprendió a resistir. De los encuentros conmigo, a comprender que nada es gratis en la vida. Dos conocimientos imprescindibles si Lucía pretendía sobrevivir en el American Dream. Fly with me.

Estela

Vivía en el último departamento del primer piso. Su ventana permitía ver el crecimiento de la vegetación del patio trasero, ahí donde los mosquitos de zica se acumulaban alrededor del cuarto de servicio y cada día aparecían más restos de las mariposas muertas.

La blancura de la piel de Estela se tornaba transparente por los años, dejando ver las venas marchitándose a cada hora. Frente a su ventana, veía a Angie fumar mariguana. Veía a los hondureños tras de la cerca recibiendo clientes en su casa, mientras escuchaban canciones de Vicente Fernández o Juan Gabriel. Veía a Lucía llorando en la mesa de jardín, roída y degradada, luego de haberme visitado. Veía cuando yo llegaba a lavar mi ropa y entonces salía a saludarme como por casualidad.

Me dijo que era cubana, que había vivido muchos años en México con su marido mexicano. Son muy fuertes y trabajadores ustedes. Se trataba del primer halago que escuchaba sobre los mexicanos desde que había llegado a Miami. Su argumentación me parecía una pendejada que alimentaba mi desprecio por la figura de Estela. Pero tenía que convencerla de contarme todo lo que viera sobre los hondureños. Me hice su amigo.

Me contó sobre la sombra de ese esposo que imaginaba como un charro al estilo Jorge Negrete, cuando en realidad había sido un obeso y feo chofer de camiones en Toluca que la golpeaba día tras día. Llegaba a su casa y la cosía a puñetazos en el rostro. Estela estaba impedida para cerrar bien la boca por las fracturas que padeció en las mandíbulas. No había rastro de belleza ni de juventud en aquella piel, desteñida y blanca, que andaba en búsqueda de los más próximos para contarles una historia de amor que nunca existió.

Por las constantes lesiones tuvo que huir de México rumbo a Estados Unidos, donde hace más de 20 años había encontrado las delicias de la ley de ajuste. Dos hijos le sobrevivían con el marido en México, pero nunca los había vuelto a ver. Tenía miedo de volver, me confesó una noche de tequilas. La pérdida de dos países, de dos hijos, le impedía conciliar el sueño por las noches. Contra la desesperación del insomnio, cocinaba comida mexicana. El sabor del picante atenuaba su doble exilio.

Por las mañanas tocaba a mi puerta con un plato de chilaquiles con queso y crema centroamericana. Me convidaba el desayuno porque le recordaba a sus hijos, a una tierra donde los muertos viven más tranquilos que los vivos; porque le recordaba la promesa de una vida al lado de un hombre bueno, como aparece en la películas mexicanas con las que creció en La Habana.

Le agradecía respetuoso y siempre la invitaba a pasar. Sabía que nunca aceptaría entrar al departamento de un hombre soltero. Otras épocas, otras costumbres. Cuando se marchaba Estela, inmediatamente tomaba el plato y lo tiraba en la bolsa de plástico negra donde también había depositado jeringas y ligas de los clientes. Me causaba repugnancia pensar que esas manos, nutridas por los años de pobreza, podrían haber preparado un platillo que tuviera que comerme. Tan sólo hay algo peor que la miseria, y es el olvido. En Estela se conjugaban las dos. Sus hijos la habían olvidado, su familia en Cuba la había olvido, su marido la había olvidado, porque desde hace 20 años vivía con su nueva mujer y sus nuevos hijos en Toluca, el lugar de donde Estela había salido para salvar su rostro y los sueños.

¿Te gustó el desayuno? Sí, Estela, me gustó mucho, pero ya no te molestes en convidarme la comida que hagas, que me estoy poniendo gordo. No te preocupes, mexicano, que yo disfruto cocinar sabiendo que por lo menos hago feliz a una persona en el mundo con mis manos. Veía las venas, los dedos delgados, las uñas largas con rastro de mierda. La ventana, Estela, la ventana. No se te olvide que debes estar atenta al barrio. Ese es el mayor favor que puedes hacerme. Y entraba a su departamento y ahí se quedaba mirando cómo el tiempo iba opacándose durante las tardes. ∎

El mexicano

Sabía los horarios de cada uno de los habitantes del edifico. Entraba fácilmente en los departamentos y así fue coleccionando las manías, los fracasos, las necesidades de cada uno de ellos. Colecciono desdichas, me dijo cuando vi las cajas con fotos y cartas y ropa que había robado a los vecinos. Me alegra saber que no soy el más miserable de este lado del muro. Dijo que iba a escribir una novela con todos los fragmentos de la vida de los otros. Si es verdad que quieres convertirte en novelista, Lucía, debes estar atenta a la muerte a tu alrededor. También dijo que necesitaba saber si alguno de los viejos podría delatarlo con los hondureños que vivían en el terreno vecino, tras la cerca trasera del edificio.

Con cada objeto sacado de la caja contaba historias. Ignoro si fueran ciertas pero en sus gestos podía olerse el placer que le causaba el dolor ajeno. Hablaba de muertes y abandonos, de fantasmas y desdichas, de pobreza y palabras gastadas. Todo con las comisuras estiradas, dejando ver una sonrisa ahogada en lo más profundo de la desvergüenza.

Nadie conoce el horror de la miseria hasta que se duerme con hambre y sabe que por la mañana no habrá un pedazo de pan en la despensa. Así lo dijo tratándome de explicar la vida de los viejos. Tú eres joven y aún no has sido masacrada por la vida. Tienes dolor pero puedes cambiarlo todavía por cualquier ilusión absurda. Un amor, un viaje, un plan para cavar todo tu sufrimiento en el olvido. En cambio los viejos, con sus llagas de por medio, han comprendido el fracaso como el único destino posible. No hay escapatoria. Nunca ha habido escapatoria. Son como esas mariposas que había en el patio y te gustaban. Las Miami Blue que han terminado por extinguirse.

El mexicano salía a las cinco de la mañana a buscar la mercancía. Caminaba rumbo al Estadio de los Marlins. Tres horas después empezaba la jornada husmeando en los cuartos de quienes salían al trabajo o al parque del dominó. Buscaba eso, pedazos de vida, para alimentar la caja, para luego contarme de los hallazgos. Nunca repitió las historias. Fumaba el porro y hablaba. Hablaba y fumaba el porro. Le gustaba limar el tiempo bajo sus palabras en la cálida cobija del humo. Cuando no forjaba un cigarrillo se volvía melancólico y también violento. Me singaba sin ganas pero con odio. Desnudos, sobre la cama, censuraba sus caricias contándome nuevas desdichas de los viejos o declamando versos que, pese a su lobreguez, decía que se trataban de poemas.

Tal vez por la suciedad compartida había momentos en que deseé de verdad que me pasara una mano por la espalda, sentir un roce que alimentara la esperanza. El mexicano se había alejado de la bondad hacía mucho tiempo, tanto que ya no recordaba cómo mirar a una mujer. Dejemos hablar al viento, decía, y se quedaba callado. Y su silencio me exigía silencio. Con mi cuerpo de almendra, casi susurrado en la cama, veía su dorso oscuro como prólogo a un pene muerto y unas piernas agotadas de tanto andar. Toda la pesadumbre del silencio caía en medio de esas almas que se habían encontrado, no para salvarse, sino más bien para atesorar el desamparo. El silencio hiere. El silencio es tan bello que ensordece.

Con la misma mesura del silencio empezaba a vestirme. Él me veía como se ve a una presa recién domada. Terminé por acostumbrarme a la conmiseración de su mirada. Ya con ropa regresaba a la cama para pedirle alguna grapa de coca o un churro. Sólo conmigo y aquí puedes fumar. Además eres menor de edad.

De antemano conocía la respuesta, pero siempre es bueno provocar al demonio. No me esperes a cenar. El lugar común lo hacía reír y cerraba la puerta. Mi madre aguardaba en el departamento. Ella misma era el retrato de la deshonra diaria. En los momentos en que no quería escupirle su desgracia al rostro, iba directo a mi habitación donde recordaba. El mexicano era mi pasaporte hacia el futuro. Lo dejaba tocarme por el dinero y la droga gratis. Pero hubo noches, luego de estar con él, que la soledad se me hacía tan inmensa que busqué sus palabras en mi cuerpo. No había ninguna, como tampoco existía el nexo con aquel hombre que inventaba su mundo al hablar. Ni él, ni yo, ni nadie. Nada podía existir sin esas palabras adecuadas que rompieran el silencio. ¿Éramos apenas algunas líneas de la historia que él estaba contando? ∎

Angie

ANTE LA PRECARIEDAD DE LOS DÍAS, ANGIE intentaba volver a una película de bajo presupuesto. Los productores le habían prometido lo suficiente para comprar la ración de mariguana de dos meses. El día de la filmación ella salió a las ocho de la mañana del edificio rumbo al Tower Theater, donde se ubica el paradero de los autobuses. Tenía que cruzar el recién inaugurado Bulevar Azúcar, apenas una calle estrecha cuyos murales en los edificios anuncian la llegada a la zona turística de La Pequeña Habana.

El barrio despertaba temprano. Apenas asomaba la llameante luz de un sol amenazador, los locales se abrían al mundo. En menos de una hora empezarían a llegar los visitantes traídos casi siempre en autobuses de doble piso con guía cubano incluido. Habría que estar listos para mostrarles ese trozo de Cuba injertado en Miami.

Trabajadores y dueños de los negocios maquillaban el espacio compartido. Era la perfecta representación de la ciudad, pensó Angie: una encantadora bestia, devoradora de almas y sueños, con rostro de súper modelo. Así mismo se sintió ella con toda la pudrición de su vida oculta tras la minifalda azul, imitación piel, que combinaba con una blusa blanca, entallada, y zapatillas rojas que levantaban las caderas y le exigían caminar rígida. Coronaban el atuendo los labios carmesís, las pestañas postizas y la peluca blondi que había elegido para disimular la calvicie provocada por la mala alimentación. Ella misma era todo un artificio al igual que Miami.

Mientras esperaba el autobús, Angie se centró en el movimiento de las calles de La Pequeña Habana. Lo sabía tan propio que le pareció una coreografía gastada. Ahí había pasado los últimos cuatro años de su vida, cuando tuvo que mudarse a Florida siguiendo la ruta de las productoras pornográficas que habían cambiado el Atlántico por el Pacífico. Sin embargo, el tedio ya le empezaba a cobrar las noches. Sin mariguana apenas dormía. No podía pedirme más de la que gratuitamente yo le brindaba. Se trababa de una cuestión de principios. Ella era rubia y yo un frijolero. Ella era americana, nacida en Coweta, Oklahoma, y yo un ilegal. Ella se sabía poderosa al pertenecer al cobijo de las barras y las estrellas, y yo era un mexicano venido de tierras inhóspitas, donde los cárteles y la corrupción reinaban, y en donde, como le habían enseñado en la escuela, había indios salvajes que se comían el corazón de sus enemigos desde hacía siglos.

Desde mi ventana, durante las noches, la miraba salir al patio trasero en busca del sueño. Ahí, bajo el árbol de bruceras, parecía comprender la gravedad del naufragio. Le escocían las palmas de las manos frente a la derrota. Estaba impedida para conciliarse con el tiempo invertido en la nada. La hija y la madre lejos, cambiadas por la ilusión de convertirse en una estrella de la industria porno. Con los años le llegó el retiro. Su cuerpo empezó a negarse a seguir sometido a las cada vez más exóticas prácticas del coito. Si a los veinte años padeció los primeros arañazos de la sífilis y la gonorrea, a los treinta los problemas le habían surgido por la incapacidad de su esfínter para aguantar los embates de la batalla.

En esas madrugadas de duermevela Angie buscaba refugio al otro lado de la malla. Los hondureños le proporcionaban un poco de cerveza con el que podía aminorar la ansiedad. No le pedían nada a cambio. Escuchaban, como yo, las historias sobre su labor en Los Ángeles y de cómo algunas de sus escenas podían aún verse en sitios de internet. Ellos mismos fueron quienes le consiguieron el nexo para reintegrarse al mundo del porno de Miami, la nueva capital de la lujuria neoliberal, donde todo se paga. Cuando se lo dijeron, supo que podía ser de sus últimas oportunidades. Por eso el día anterior no comió más que dieta blanda. Antes de dormir quitó la manguera de agua del tanque de la taza del baño, la roció de lubricante, se la metió en el ano y con su presión se hizo un enema casero. Volvió a repetir el proceso antes de salir a la calle por la mañana.

Cuando atisbó acercarse el autobús supo que estaba lista. Se sentía bella y miserable. Serían sólo quinientos dólares por la escena. Le explicaron que la vejez sin gracia no es negocio. Quinientos dólares que le significaban la mariguana necesaria para llevar a cabo el suicidio diario, el mecanismo preciso para sobrevivir dos meses más en una ciudad que con su humedad, esa mañana, le había devorado también el rímel de los ojos. ∎

Alberto

COMPARTÍ CON EL VIEJO ALGUNAS PALABRAS
agonizantes entre ron y habanos. Eran auténticos, me aseguró.
Al barbero que se los compraba se había dedicado por años a
traficarlos desde la fábrica H. Upmann del Cerro, en La Habana.
Por las tardes de heridas naranjas en el cielo de Miami fumá-
bamos en el balcón del segundo piso que daba a la calle. Sabíamos que eran las horas de tregua.

A lo lejos, la noche iba devorando la ciudad, mientras los dos
podíamos disfrutar el armisticio compartiendo la extraña sensación de la compañía. Como yo, Alberto era un sobreviviente
de un país bañado por la desgracia. Salimos huyendo, no para
salvarnos, sino para retrasar la agonía. El olor a tabaco y la en-
soñación de la lengua, al ser rozada por el alcohol, subrayaban
la pasividad de la espera. Ya vendrán, recordaba Alberto. Ya vendrán por nosotros. La frase se le volvió mantra en las noches
en que se le fugaba el sueño.

A su partida había un rumor de nostalgia por esas tardes. A
diferencia con los otros viejos, la repulsión hacia Alberto estaba
matizada por la conciencia de compartir la espera de las sombras. Tal vez por la cercanía dejé sin revisar sus cosas algunas
semanas. Las despedidas toman formas insospechadas. Me de-
diqué a los libros y a las páginas de Jaia con las que ella había

formado la *Antología de los Insomnes*. Las visitas de Lucía empezaron a hacerse rutinarias, con toda la insipidez que tiene el sexo cuando se vuelve habitual, y Angie no dejaba de buscarme para intercambiar mariguana por la información de los hondureños que, me aseguraba, cada semana hablaban más sobre mí.

Me laceraba el automatismo de los miserables. Se volvió un fardo el tiempo recortado por las necesidades diarias que eran las mismas del día anterior y del día anterior. Posiblemente Alberto podría salvarme del derrumbe cotidiano. El sondeo de su intimidad trajo la lobreguez a mi propio piso. La fascinación y el asombro que existen en la impureza siempre asustan al principio. Luego ese malestar se va volviendo incómodo y por último soportable. Pensé que las fotografías de los niños en su álbum familiar correspondían a los nietos de Alberto hasta que llegué a los recortes de los periódicos.

En las notas de *El Nuevo Herald* se hablaba de la colonia de depredadores sexuales que el condado de Miami-Dade había establecido bajo el puente de Julia Tuttle. Cada uno de los exconvictos llevaba un grillete electrónico en la pierna que le permitía a las autoridades vigilarlos durante el toque de queda: no podían abandonar el campamento entre las 10 de la noche y las 6 de la mañana. Durante años las casas de campaña empezaron a incrementarse y fue necesario trasladar la colonia a una zona industrial cercana a Hialeah.

Era complicado mantener la dignidad en la pequeña población donde no contaban con agua potable y, en sus primeros años, ni siquiera había letrinas. Los depredadores sexuales vivían restricciones absolutas. Si pretendían mudarse tenían que hallar una residencia a 300 metros de distancia de escuelas, kindergarten o paradas de autobuses. Por la normatividad me sorprendió que Alberto pudiera haber vivido por años en nuestro edificio, tan cercano a escuelas y con una parada de autobús casi enfrente. En la página "Miami Dade County Sexual Offender & Predator Search" (*https://gisweb.miamidade.gov/sexoffenders/*) se presentaba un mapa donde podían rastrearse muy fácilmente a los infelices cuya existencia estaba asfixiada por el grillete.

La fotografía de Alberto caía sobre el 1553 South West 16th Avenue. Nada se hablaba de los delitos cometidos, como tampoco de su peligrosidad. La imagen mostraba a un anciano rubio, de ojos almendra y cabello apenas susurrado en una calvicie llevada dignamente durante las últimas décadas. A diferencia de lo que plantean las teorías decimonónicas, es lascivo comprobar que la maldad no tiene características faciales. El engaño es su máxima proeza. En las pupilas de Alberto nunca logré ver las sombras a pesar de que las sombras siempre habían estado en nosotros. Las suyas, lo llevaban a compilar retratos de los niños que Alberto había elegido como presa. ∎

El mexicano

No me brindó caricias, ni consuelo. Estaba impedido para dormir a mi lado o escuchar mi llanto. Cuando le pedí un abrazo me tiró una bolsa de cocaína. De la más cara, dijo. Para que me dejes de estar chingando, dijo. Yo tampoco necesitaba el artificio de un noviazgo podrido. Comprendí que ante cualquier indicio de cariño, el mexicano siempre respondía dándome mariguana o coca, aunque muchas veces también me agarraba el coño y empezaba a singarme sin misericordia. Su pene raspaba mi estrechez. No estaba húmeda y el instrumento de tortura desgarraba mis pliegues, provocando pequeños pinchazos en los ovarios. Tras los empellones, me ardía al orinar.

Lo importante era la droga. Valía el riesgo de salir herida de la cama del mexicano. Me tiraba las bolsitas y yo me iba al sillón de la sala. Absorbía o fumaba un poco. Lo demás, la mayoría de lo que sobraba, lo guardaba en mi pantalón de mezclilla, negro como las botas y la playera, para venderlo después en el estacionamiento del Navarro. Por las madrugadas ahí me esperaban los yonkis más miserables de La Pequeña Habana.

A veces llegaban tres, a veces cuatro. Hombres y mujeres que vivían bajo el puente de la 95, en los límites del esplendoroso Downtown de Miami. Con las limosnas del día pagaban por el pedazo de sueño que yo podía venderles. Tras el consumo

41

se recostaban a un lado de los carritos de supermercado donde cargaban los desperdicios que ellos creían su vida, en un país donde la propiedad privada se necesita para legitimar la rutina.

El mexicano no se enteró de esa línea del negocio en la que él fungía como proveedor. Cuando estaba carente de mercancía, le daba mi culo de a gratis. Me consolaba pensando en que se trataba de una inversión segura. Cuando tuviera grapas él me las ofrecería sin interpretar el estúpido rol de niña violada por su padre. Un papel que me cansaba más que seducirme. Esa llaga era mía y sangraba a solas hiriendo mis madrugadas. En el día, en cambio, no me causaba dolor alguno. Utilizaba la historia para hacerme del dinero necesario, de las alianzas que me permitieran los procesos imprescindibles para los dólares, tal y como lo era el mexicano y su manía de singarse a una adolescente de dieciséis años.

Sobre todo, la historia me servía para joder a Caridad, esa madre que nunca me cuidó como debía. Se lo hacía saber en cada cucharada del cereal que ingería como si tragara mierda. Cada gesto, cada mirada, se volvía la repetición del odio que me provocaba la mujer que se decía mi madre.

Frente a ella, cuando regresaba del trabajo y pedía un gramo de paz en el televisor, le miraba las piernas cansadas, con la celulitis y las varices evidenciando unos años mal llevados; el vientre hinchado bajo la bata de casa, apenas menos desagradable que los dos senos que caían exhaustos, como muriendo cada día. Me le posaba para recordarle que, poco a poco, quedaba a mi merced. En cualquier momento cambiarían los patrones y ella dependería de mí y no, yo de ella.

Meses atrás parecía haberlo comprendido. Dejó de pegarme en el rostro con la palma de su mano. Ya no me jalaba el cabello hasta hacerme llorar al no haber lavado el baño o preparado la comida. Se daba cuenta de que su luz estaba por extinguirse y la mía empezaba a relucir con más brillo. Así lo sugerían mis piernas, cada vez más largas, y las caderas que tanto me tocaba el mexicano. Caridad me miraba en silencio. No pronunciaba palabras. Voy a fumar al patio, le decía, y salía del departamento apenas con un bóxer y una playera blanca sin sostén abajo. Si vas a singar otra vez con el mexicano, por lo menos ponte condón porque no voy a cuidar a ningún bastardo tuyo.

Ahí fue que decidí su destino. En cuanto juntara el dinero suficiente, dejaría el departamento y el barrio y la ciudad con sus 612 mil delitos al año. Así se lo hice saber al mexicano que luego de eyacular sobre mi espalda me dijo: ¿cuándo quieres largarte? Voy a llevarte conmigo. ◼

Jaia

LA ANTOLOGÍA DE LOS INSOMNES RECREABA LAS
palabras de George Trakl:

Soy una sombra lejos de oscuras aldeas.
He bebido el silencio de Dios
En un manantial de bosque.
Un frío metal huella mi frente.
Las arañas van tras mi corazón.
Una luz se apaga en mi boca.

De Vallejo:

Son pocos; pero son... Abren zanjas oscuras
en el rostro más fiero y en el lomo más fuerte.
Serán tal vez los potros de bárbaros Atilas;
o los heraldos negros que nos manda la Muerte.

De Macedonio:

Hay un morir si de unos ojos
Se voltea la mirada de amor
Y queda sólo el mirar del vivir.

Es el mirar de sombras de la Muerte.
No es Muerte la liberadora de mejillas,
Esto es Muerte. Olvido en ojos mirantes.

De Alfonsina:

La vida mía debió ser horrible,
Debió ser una arteria incontenible
Y apenas es cicatriz que siempre duele.

De Panero:

Escucha en las noches cómo se rasga la seda
y cae sin ruido la taza de té al suelo
como una magia
tú que sólo palabras dulces tienes para los muertos
y un manojo de flores llevas en la mano
para esperar a la Muerte
que cae de su corcel, herida
por un caballero que la apresa con sus labios brillantes
y llora por las noches pensando que le amabas,

De Francisco Hernández:

Pero yo, siempre yo por debajo de todo,
sigo pensando que gritar es cosa de mudos
y que escuchar es intercambiar ecos

con barcos fantasmas o con muertos
que han perdido la esperanza de vengarse.

De Jeremías Marquines:

No tengo manos, tengo demoras tatuadas por castigo.
Entiendo que afuera el mundo se desarma,
que lejos de tu sexo, destinado a detener la muerte,
no se puede vivir.

De Efraín Huerta:

Son los hombres del alba.
Los bandidos con la barba crecida
y el bendito cinismo endurecido,
los asesinos cautelosos
con la ferocidad sobre los hombros,
los maricas con fiebre en las orejas
y en los blandos riñones,
los violadores,
los profesionales del desprecio,
los del aguardiente en las arterias,
los que gritan, aúllan como lobos
con las patas heladas.
Los hombres más abandonados,
más locos, más valientes:
los más puros.

De Max Rojas:

Desbaratado el grito, el silencio que cruje en la escalera,
el sonido que llega de repente para decir no hay nadie,
nadie grita tu nombre, nadie te espera, nadie camina
por la calle recogiendo tu sombra partida en pedacitos,
tu esqueleto partido en pedacitos, nadie te extraña,
puedes echarte a caminar mascando tu tristeza,
puedes perderte para siempre en tu tristeza,
nadie grita tu nombre, nadie te espera,
sólo el silencio que baja y te destroza,
sólo el silencio que baja y te aniquila.

En las primeras páginas, escrita a mano, se leía un cuarteto sin autor reconocible:

En esta ciudad con fuego de sarcófago
pierdo la última esperanza del refugio
como la costra detrás de las verdades
o los años zurcidos con heridas de silencio...

Jaia preparaba el cuadernillo por las noches. Al principio, frente a las paredes de su departamento, no comprendí que las páginas arrancadas de los libros y pegadas en las paredes de su departamento compondrían finalmente la *Antología de los Insomnes,* título que ella había escrito en las primeras líneas de la libreta negra donde empezaba a aglutinarlos. Escribía los versos para encontrar su voz. En ellos podía expresar las llagas del tiempo que le sangraban por las madrugadas. Cada una de las palabras le provocaba deseos, temores, dolor.

Desde la orilla de la madruga los poemas que Jaia había elegido hacían las veces de compañeros de viaje. En ellos el verbo volvía a ser carne, sufrimiento y sangre. Podías oler en las páginas todo el rumor de una mujer en ruinas. Los poemas que muerden y dejan marca, los poemas que nos liberan del revés de nosotros mismos, los poemas que además de reparo, significan renuncia y aceptación.

Jaia buscaba sus palabras, aquellas que podrían expresar de manera justa el invierno que se le había ido anudando en la garganta. Por ese frío interior podía soportar dormir en el pasillo del edificio sin aire acondicionado. Temblaba en el piso.

Al revisar las demás prendas, comprendí que ella mendigaba para comprar libros en español en la vieja tienda de antigüedades frente al Parque Máximo Gómez de la Calle Ocho. Iba con su perro por las calles pidiendo 50 centavos o un dólar a fin de conseguir las palabras que le devolvieran la voz en un idioma que en esta tierra se encuentra vetado para la literatura y mucho más para la poesía. Los miserables carecen de pensamiento y de belleza. Nunca serán escuchados. Que lo sepan.

Leí el cuadernillo durante varias noches hasta que los versos empezaron también a desangrarme. Mientras el porro de mariguana se iba extinguiendo, sentí la pasividad del silencio. Como preguntaba Lucía: ¿Acaso los personajes que somos podrían en algún momento descansar sin sufrimiento? Perdí el miedo entre las promesas del derrumbe mientras los versos iban volviéndose presencia. Se convirtieron en sombra, en sonido, en amenaza. Sentí cómo me tomaron del cuello y rasgaban las tinieblas en que se había convertido mi vida. El horror había desaparecido, no en medio de la desgracia, sino entre una acuosa oscuridad de quietud. No hay luz al final. La nada. ∎

Ernesto

NO SE LLAMABA ERNESTO Y TAMPOCO HABÍA llegado en El Mariel. Yo lo había sabido desde siempre porque parte de mi familia llegó en el éxodo de los ochenta. Las historias que contaba el viejo eran sacadas de periódicos, no de su experiencia. Nunca dije nada. Lo lamento ahora que al mexicano lo han llevado al matadero.

Se los dije a los policías que llegaron tras la llamada de Pedro. Él fue quien encontró al muchacho mexicano desangrándose en su departamento. Me recordaba a mi hijo menor: moreno, delgado, ligado inevitablemente a la derrota. Podía ver el mismo murmullo de inoperancia en sus ojos. Seres destinados a no encontrarse nunca, a sobrevivir sin mayores dichas que la necesidad de llegar al final del día.

Por eso su temor al salir del edificio por el día. Se había inventado una guerra con los hondureños que vivían al otro lado de la cerca del patio trasero. La ficción le permitía mantener su alma quieta. La mariguana era el sucedáneo de su desgracia. Cuánto le costaba mantener los párpados cerrados. Apenas dormía unas horas por la mañana, luego de regresar del North West y antes de que llegara la niña a la que empezó a singarse cuando ella decidió empezar su propio negocio. Pero no dije nada. Yo nunca decía nada. Más allá de lo del cubano, evité brindar más información a los policías sobre el mexicano. Los escuché comentar que el Ernesto ese había sido torturador. Comunista, le llamaron, como si ser comunista fuera un insulto o una huella ligada al desprecio.

Eran policías que, a pesar de ser latinos, se negaban a hablar en español en la vida diaria. Cubanos llegados de niños a Miami o hijos de cubanos. Para ellos también éramos la suciedad acumulada por la vejez. Vi la humillación con que se movían para no ser parte de este círculo de pobreza que sí conversaba en español. Con el gringo, dueño del edificio, se burlaban de los gestos y las voces que los vecinos mostraban al enterarse del intento de homicidio. Una desgracia, repetían en un castellano pastoso, lleno de imperfecciones, como nos lo habían escuchado decir a los residentes.

Con el mismo ultraje nos pidieron que saliéramos al patio trasero, bajo el árbol donde empezaban a verse algunas mariposas, hasta que terminaran de tomar fotografías y pruebas de la sangre que había en el departamento del mexicano. Abrieron además el cuarto del cubano para descubrir las botellas de ron, los restos de tabaco, aún tibios luego de la noche del ataque. Nadie supo cuándo salió del edificio. Sin embargo, el rastro llegaba hasta el parque del dominó. Ahí lo habían visto por la mañana. Tomó una guagua rumbo a Brickel. En la estación se subió al Metro Rail hasta el aeropuerto. Los policías creían que había huido en un autobús a los Everglades. Importaba poco. La víctima era ilegal. Era probable que no sobreviviera.

Todo el vaivén duró apenas unas horas. Menos aún que cuando falleció la mujer hondureña. Pedro se dedicó a vaciar, en el contenedor frente a la propiedad, la cama, el sillón y las cajas, llenas de papeles y fotografías, que el mexicano tenía en su departamento. Un camión de basura privado llegó a medio día por la basura que empezaba a desbordarse del contenedor.

El conserje también lavó y pintó el departamento. Reparó las baldosas de madera en el piso. Eligieron el color gris para que no hubiera huellas de ataque por las paredes. Al día siguiente, sábado, llegó una pareja de jóvenes latinos a ver el lugar. Pretendían rentarlo. Acababan de llegar al país. No tenían Plan Ocho, como tampoco crédito. No eran ilegales. Suficiente para el dueño que les explicó que podían pagarle en efectivo. La manera más lucrativa de obtener recursos sin declarar impuestos. Se mudaron el lunes siguiente.

La primera de las noches, los escuché hacer el amor en el mismo lugar donde el mexicano había sufrido la embestida de la muerte. Nada había cambiado en el edificio, ni en el barrio. La existencia venida a desolación continuaría. En medio, las horas que caían como navajas entre quienes nos atrevíamos a mirar al cielo. ∎

Lucía

EN EL PATIO ANGIE INTENTABA FRENAR LA ANSIEDAD del abstemio. Llegó a mi lado y me preguntó si no había robado algo del departamento del mexicano. La compasión no forma parte de mi ideal. Le contesté con una negativa que llevaba implícita la amenaza de exponerla, frente a los policías, como la pareja del mexicano. La yonky que también movía la droga del imbécil aquel que ahora se encontraba en el hospital por burlarse de Ernesto. Me carcomía la presencia de Angie. Era vieja, igual que mi madre. Tenía el culo destrozado, según el mexicano. Me alejé de su lado para irme a refugiar bajo el árbol de buceras.

Desde ahí escuchaba las canciones de Juan Gabriel que sonaban en la casa de los hondureños. El ruidoso lamento de la pobreza. Detestaba hasta el cansancio ese ambiente lleno de pudrición. El mexicano había incumplido su promesa. No me llevó a ningún lado, no me alivió el cansancio. Si acaso podía agradecerle algo era que, cuando Pedro lo descubrió y pidió ayuda, pude entrar a su departamento y coger la mercancía que guardaba bajo el fregadero en una botella de detergente. Cuando los vecinos me vieron con el pomo, pensaron que intentaría lavar la sangre del piso. Por lo menos con el secreto podría obtener algún dinero para la fuga.

Luego de las dos horas y quince minutos que la policía había ttardado en llevarse al mexicano y las huellas de la desgracia, nadie tenía ánimo de recomenzar la vida. Padeciendo el horno del verano fuimos humedeciéndonos con el tiempo. No había escape alguno, pensé de pronto viendo las caras de quienes me rodeaban. Todo se pudre. Todo termina por pudrirse sin importar el lugar donde nos encontremos. Ninguna salvación puede zurcirse desde la desgracia. La verdad encontrada me hirió la garganta.

Esa mañana decidí vender la droga que me sobraba y huir. Huir hasta un lugar frío, con nieve y árboles, alejado de ese sol, ligado a la locura, de Miami. Si no podía salvarme, por lo menos intentaría descubrir otros infiernos, los míos. Aquellos que estuvieran alejados de la vejez con que estaba matizada la existencia en La Pequeña Habana. Imposible desfallecer en un espacio como éste, donde la vida ni siquiera se percibe. Para comprobarlo, busqué los ojos de mis vecinos y sólo encontré historias de algo que llamaban vida, sin saber que no era más que el espejismo de un sueño. Huecos tras de los párpados. Seres caminando rumbo al abismo.

Encendí un cigarrillo para jugar con el humo que tatuaba el aire. Subía por la corteza del árbol, por sus ramas, por las hojas de ese buceras que había permanecido estoico frente al derrumbe. Seguí el humo hasta que se perdía en el follaje.

Se trataba de un follaje que se movía. Un follaje azul que se movía. Uno, dos, tres, siete, catorce… movimientos azules en el cielo que bailaban apartados de cualquier síntoma oscuro. Las mariposas, las Miami Blue, habían puesto sus capullos en el árbol y empezaban a salir para reencontrarse con sus compañeras en una danza secular. Se mantuvieron arriba y bajaron y luego nuevamente subieron. Ya no estaba el mexicano para verlas, para darse cuenta de que se había equivocado. Hasta en eso, el mexicano era un pendejo. Y tal vez yo también. Las mariposas no se habían extinguido, sólo habían cambiado. Volaban libres con fragmentos de mar entre sus alas. ∎

Miami, 3 de febrero de 2019

Otras historias

¡Patria o Muerte![1]

DECIDÍ MATAR A FIDEL CASTRO CUANDO LE VI las nalgas a Menesleidys. Desde sus caderas al cuarto de Tula le cogió candela, se quedó dormida y no apagó la vela, papi. Pocas veces el Ball and Chain de la Calle Ocho recibía a una bailarina con mar y malecón y luna llena incluidos. En su dorso Menesleidys ostentaba el Caribe. Calmo o alebrestado, aquel cuerpo seducía con sabor a sal.

Polvoreé un poquito de Tajín en mi mano. Lo lamí para aminorar la excitación. Ya saben, el chile en polvo es la coca de los pobres. Viendo aquella mujer comprendí que el Diablo es comunista y viste falditas entalladas que combina con tacones altos. Además, tiene buenas chichis. Ya te chingaste, pinche poeta. Le recé por última vez a la Virgencita del Tepeyac, porque antes de cachondo soy guadalupano, y me encaminé rumbo al infierno bailando al ritmo del Buena Vista Social Club.

Compadre, para tener a esa hembra mínimo tienes que matar a Castro. Me paré frente Menesleidys y le solté: Voy a matar a Fidel Castro por tu amor. ¿Qué estás chisquiado, se te van las

---

1 Este cuento se publicó originalmente en la antología *Arraigo y Desarraigo*, Proyecto de Distintas Latitudes/SHL.

cabras o qué chingados traes, cabrón? Eso me hubiera dicho Menesleidys si fuera mexicana, pero como la heroína de este cuento es habanera, de esas que aparecen en las novelas de Cabrera Infante, respondió riéndose: ¡Pipo, pero qué clase de co-memierda tú ere!

Decía "ere" y no "eres" porque los cubanos, y más los de Miami, no pronuncian las eses, se las comen, en una especie de logo-fagia que les ha permitido engañar al hambre en medio de hu-racanes, dictaduras, periodos especiales, embargos imperialis-tas y el reguetón. "Des-pa-ci-to"… despacito tu chingada madre, Justin Biber, Luis Fonsi, Daddy Yankee y, por último, pero nunca al final, Yusinel Vento Litvínov, el pendejo de mi compadre agua-tibia que era reguetonero y cuyo consejo había sido dedicarle el asesinato de Castro a Menesleidys como una muestra de mi amor por ella.

¡Asere, no seas mongo! Lo que en castellano significa que no fuera pendejo, que cómo le decía eso a la cubana, que se trata-ba de una broma. Y Yusinel se ponía a imitar lo que los cubanos creen que es el arquetipo del mexicano internacional, un per-sonaje descerebrado nacido de la combinación entre Speedy González y Chavela Vargas: Ándale manito, échate otro tequila, mi cuate. ¡Ay ay ay ay!

Sí, a mí también me daban ganas de soltarle unos madrazos por mamón. De cuates, por supuesto, pero unos chingadazos bien puestos. Estaba impedido para hacerlo. En las entrañas del monstruo (así es como plagio al prócer José Martí), yo era un fri-jolero, un ilegal mexicano que había cruzado la frontera, un "bad hombre" en el lenguaje del güerito, corbatas extra large, que había ganado la presidencia gringa hace unos días.

Era tremenda la muina que se había soltado con este jijo del camarón en la silla de Lincoln. Las palabras "democracia", "libertad" e "inclusión" se empezaban a desmoronar en Yoknapatawpha y sus alrededores, dejando al descubierto el odio y la ignorancia de blancos contra negros, negros contra blancos, blancos contra latinos, negros contra latinos, latinos contra latinos y todos, toditos contra los mexicanos, o lo que aquí se considera "mexicano": cualquier pinche brown centro y sudamericano. Haga usted de cuenta un desmadre racista en una película dirigida por Mel Gibson.

En medio de este ambiente matachilaquiles con huevo no podía arriesgarme a llamar la atención zapeando a mi compadre cubano. ¿Ya les dije que Yusinel era reguetonero? Y de los buenos, oiga (esto es una licencia poética: no hay reguetoneros buenos).

Desde que nos encontramos en el Hotel Betsy, de Miami Beach, nos entendimos. Los dos somos literatos. Fue natural la comunión. Con una visa falsa, cuya hoja legal ostentaba el nombre del poeta Jorge Humberto Chávez, yo había engañado a los escritores de Suburbano Ediciones ganándome la beca "Escribe Aquí".

Pasé una semana bien Agustín Lara poetizando y dando conferencias sobre los escritores malditos de la literatura mexicana. Hablé desde Juan de Gabiria hasta Antonio Cuesta Marín. Chingonas las charlas pues. Yusinel era el gerente del bar. Por las tardes me escuchaba y sonreía, pensaría que le rogaba yo (¡Cadetes de Linares rules!).

Como profecía bíblica, al tercer día el cubano me confesó que le faltaba al respeto a toda la tradición barroca de nuestros Siglos de Oro. El muy osado componía octosílabos que con rima, asonante o consonante, seguían la estructura del tetrástrofo monorrimo lo que, como todo el mundo sabe, en versos de menos de once sílabas, son una patada en los huevos a Don Francisco de Quevedo y Villegas.

Olvídense de cualquier tropo destacable. Metáforas, alegorías o sinécdoques le estorbaban a Yusinel. El único requerimiento de sus versos era que fueran misóginos. Ojo con el ejemplo:

Tú que me conoces, mi amol,

me ruegas un buen culebrón

para comértelo con jamón

en el fuego de tu amol

qué rico tú meneas el bombón...

Así hasta el cansancio. Cuando le explicaba que su obra era parte de la involución de la humanidad, la cual se veía sobre todo en el área de las artes y en los millennials, Yusinel nada que permanecía estoico o asimilaba la crítica. No ha nacido cubano que acepte estar equivocado. Al contrario, este compa reguetonero atacaba mis poemas.

Junto a pomos de ron y tequila, limón y botellitas de Tajín que me costaba un huevo conseguir en el Walmart de la Ocho y la

70, nos gastábamos la madrugada discutiendo en su departamento de Hialeah. Viví con él cuando los de Suburbano me descubrieron la farsa. Sin trabajo ni dinero, me dedicaba a explicarle mi propuesta artística al hijo perdido del General. Mira, mi amol, que tú te ves bien buena.

A ver si aprendes algo, Yusinel. Empezaba de esta manera la disertación: A finales del siglo xix hubo un morrillo que cambió la poesía para siempre. Se llamaba Rimbaud, Arthur Rimbaud. ¿Sabes cómo la cambió? Le quitó la rima a los versos. La musicalidad de la poesía se mantuvo en los acentos pero ya no había andamiaje homófono que los sostuviera. Ahora yo voy a dar el siguiente paso literario. La imagen interactuando en un campo lingüístico. Es por eso, mi querido Yusinel y los muy queridos lectores de este cuento, es por eso, que yo escribo Poemojis.

Ahí les va uno que le había mandado a Menesleidys a quien dejé bailando en los párrafos anteriores:

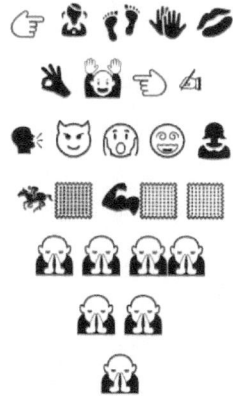

Mira, compadre, que tú no estás en París, ni eres Rimbaud y tus dibujitos son tremenda mielda. Ah qué mi Yusinel, tan sentido. A diferencia de ti, la crítica me ha tratado bastante bien.

Como muestra, le enseñé la pantalla del celular con el "muuuuaaaa" más esperanzador de la noche. Se trataba de la respuesta al poemoji que le acaba de enviar a mi cubana de son y sol, de encanto y canto, de caricia y brisa.

Díganme ustedes si no se hubieran enamorado de una belleza que pregunta por poetas malditas. Exacto, yo también. Estábamos en la presentación de un libro sobre Leopoldo María Panero en la librería Altamira de Coral Gables. La cubana se levantó y les cuestionó a los ponentes sobre mujeres que hubieran plasmado las tinieblas en sus versos. ¿Poetas malditas? Pues quién más: Lola La Trailera, quise contestar pero me callé porque, entre venezolanos y cubanos, supuse que nadie entendería el chiste más chingón de la cultura pop mexicana.

Tú eres poeta, morelense y acabas de llegar a Miami. No está mal el indiecito este. Tú eres habanera, periodista y estudias el Doctorado en Literatura en UM. Me excitas cuando mueves tu boca de almendra. Tú no me dices por qué has huido de Mexico, pero se nota que algo en tu pasado te desgarra. Tú no me dices que el último de tus novios te ha contaminado las manos, que has salido de la Isla buscando nuevos puertos pero sin abrir puertas. Tu silencio me atrae y sé que tu secreto es lo único que no compartirás conmigo, mexicano. Tu cuerpo me gusta y sé que es lo único que, en este momento, puedes compartir conmigo, cubana. Fallaste corazón, no vuelvas a apostar. Alma doliente vagando a solas, de playas, olas, así soy yo.

Ella vivía en la zona artística de Wynwood, ¿y tú? En mi estudio de la gusanera, en la mítica Calle Ocho, en la zona contrarrevolucionaria por excelencia, donde cada mañana, junto a los viejos del parque del dominó, planeábamos cómo chingar al dictador. Acá le dicen Castro y no Fidel. Compraríamos un yate al que bautizaríamos "Granpá". Nos montaríamos en la embarcación y partiríamos rumbo a La Sierra Maestra. Los ciclos se repiten y volveríamos a ganar. ¡Patria o Muerte!

Menesleidys ni siquiera se rio. Te invito a celebrar mi cumpleaños triple equis en el Ball and Chain de la Calle Ocho, el próximo viernes cultural, sólo si me prometes que no dirás palabra alguna de política y menos de política cubana. Uy, así qué chiste. Perdone usted lo mamador. Voy con amigas, lleva amigos… te veo el viernes, mexicano. Un besito y la remembranza de un sabor con el que me eroticé toda la semana. Perdone usted lo descarado.

Al verla dirigirse desde la pista de baile hacia mí, con el tumbao que tienen los guapos al caminar, empecé a mover los hombros y, en eso sí te equivocas, mi amol, te diré todos mis secretos porque quiero tener tu cuerpo las próximas quinientas noches con todo y sus melancolías:

Me persigue un cártel literario como el que ostentaba Octavio Paz en Televisa. No te rías, es en serio. Mira, cubana, cuando tenía 16 años, fui a un programa de televisión. El conductor y su patiño empezaron a burlarse de mis poemas hasta que le estrellé un florero en el rostro a la estrella del show. Tuve que huir de la Ciudad de México para evitar la venganza de Adal Mamones y Jordi Robado, que así se llamaban aquellos capos. Desde aquel 1996 he podido vivir por medio de becas Fonca. Casi casi de incógnito, porque a nadie le importa una mierda quién se gana esos premios.

Pero desde hace una década, Jordi fraguó un plan para cazarme. Se hace pasar por escritor y conferencista, y en las ferias del libro del país busca al pendejo que madreó a su jefe en el momento más exitoso de su carrera. Estaba a punto de apañarme en San Luis Potosí, por lo que tuve que cruzar de mojado a Los Ángeles. No podía quedarme en la costa oeste, junto a la raza mexicana, porque sería muy evidente. Así que llegué hasta la tierra de Cristina y Don Francisco.

Por supuesto que le compartiría toda mi historia a Menesleidys, pero cuando me paré frente a ella tan sólo le dije lo que había aconsejado mi compadre: Voy a matar a Fidel Castro por tu amor. ¡Pipo, pero qué clase de comemierda tú ere! Y se rió como nunca lo había hecho conmigo. Y en esa sonrisa pactamos la alianza del humor ante el sufrimiento que siempre es la más duradera entre quienes no pueden amarse pero se desean.

La rumba de Yoruba Andabo empezó a sonar. Tambores por aquí. Tambores por allá. Tupa tapa ku. Tupa tapa ku. Papa ti pa. Papa ti pa. El mundo empezó a colorearse de sentimiento primigenio. ¿Asere qué bola? Y traqueteo por aquí y traqueteo por allá. El sudor abrigó los dorsos. Tras reclamarle a mi compadre, el reguetonero besa gringas ese, fui junto a Menesleidys a oler su baile, porque lo más bello del infierno es el olor.

Tambores por aquí. Tambores por allá. Tupa tapa ku. Tupa tapa ku. Papa ti pa. Papa ti pa. Manos, cinturita, sonrisa. Cadera con flores. ¿Asere qué bola? Y traqueteo por aquí y traqueteo por allá. Brazo sobre la cintura. Risa y besos.

¡Luces y silencio!

¿Luces y silencio? ¡Ah chingá!, no me jodas, escritor de mierda, que estoy a punto de conquistar a la cubana y me haces esto, cabrón, no seas ojete. Sigue escribiendo que pasé la noche con ella, que la besé hasta tejer con su sabor mi futuro, que en aquella piel comprendí la escritura de Dios.

Perdona, poeta, pero no se puede. En este cuento llegó el momento en que los tambores callaron y se encendieron las luces. Es que se acaba de morir Fidel Castro, avisó Yusinel Vento Litvínov, hijo de un cubano con una rusa. Pinche Stalin, siempre jode las fiestas.

Se acababa el 25 de noviembre y nadie sabía muy bien qué hacer hasta que se empezaron a escuchar los primeros claxons y las sirenas en la calle. ¡Murió Castro! ¡Cayó el dictador! ¡Viva Cuba Libre! Gritaba la muchedumbre de Miami.

La zona se fue rodeando de policías, ambulancias y gente en los autos celebrando la muerte de aquel hombre leyenda sin entender muy bien qué celebraban. El siglo xx se estaba muriendo, ahora sí, de manera absoluta.

¡Vamos al Versailles a celebrar! ¡Vamos al Versailles a celebrar! El restaurante, símbolo de la resistencia caribeña, ya se estaba llenando de cubanos y cubanoamericanos deseando que la dictadura por fin acabara para llenar a la Isla de mierda gringa made in China. Yusinel se unió a un corro que gritaba y se enfiló rumbo a la calle. Iba también al Versailles. Nadie puede culparlo. Es reguetonero.

Los policías trataban de controlar el tráfico mientras las sirenas amenazaban con dañar los oídos de los paseantes. A nadie le importaba. La muerte de un hombre da vida a un pueblo, se repetían hasta la ingenuidad.

Menesleidys me tomó de la mano y me susurró al oído: tenemos un trato. Hoy yo celebro mi cumpleaños y aquí no se habla de política. Es demasiado lugar común abundar sobre política cuando se escribe sobre los cubanos en Miami. Hoy, tú y yo, mexicano, nos gastamos la vida singando hasta el amanecer que es lo único que tenemos para vengarnos de la historia.

Seguramente en esa noche yo era el hombre más feliz de Miami. Ningún cubano podría ganarme. Ellos habían perdido a un dictador. Yo había ganado la gloria en medio de unas piernas de mujer.

Espera, se me olvidó mi Tajín. ¿Qué es eso? Es chile en polvo, pero no tardo. Bajé del auto y me dirigí al Ball and Chain. La botellita seguía sobre la mesa del bar. Inmaculada, hermosa, perfecta.

Cuando la tomé, un brazo masculino me agarró por la muñeca. En perfecto español habanero me increpó el policía: Asere, ¿eres mexicano? Muéstrame tus papeles. ∎

Miami Love

No creo que seas mexicana. Otro pinche gringo que piensa que del otro lado de la frontera todos estamos contaminados con el ADN de Cuauhtémoc. Rubia, hermosa y con clase, pareces europea. Comprobado: bastan dos pendejas mechas güeras en la cabeza para ser aceptada internacionalmente. Si de este lado son más nacos que los que allá escriben poesía en Starbucks. Lo que no sabía el galán es que en el liguero traía una 45 con la que le dispararía directamente a los huevos si me sentía amenazada.

¿Te puedo invitar algo? Estuve a punto de soltarle un chingadazo por usar un cliché tan mamón, pero su origen irlandés, con músculos y green eyes incluidos, me contuvieron. Nosotros también celebramos El Día de San Patricio porque todo un batallón de alemanes, irlandeses y polacos, luchó del lado mexicano en la guerra contra Estados Unidos (¿quiubo con el dato Wikipedia?, y ustedes que no me bajan de pendeja en *Twitter*).

El mamado de Zack, que así dijo que le llamara, era un buen espécimen para pasar el sábado por la noche en el LuLu de Coconut Grove. Luces, bares, tiendas de diseñador. Un hermoso barrio donde podía alejarme del cochambre tropical. Ya saben, Miami: ciudad con alma latina y chichis de silicona. Por aquí no vienen muchas mexicanas, se atrevió a decir el muy descarado cuando la mitad de los comensales y meseros hablaban español, y la tapatía que me estaba atendiendo me acababa de pasar el dato que en el Walmart de la Ocho y la 70 vendían Pulparindos.

Zack estaba pendejo o, como todos los gringos que son verdaderos hijos de la chingada, navegaba con bandera de imbécil. A diferencia de los machos latinos miamenses, que siempre andan demostrando que son chingones y gritan y manotean al hablar y se comportan como simios y cuyo máximo logro evolutivo es el reguetón, los güeros se refugian en la inocencia de la cultura protestante. Te chingan en cuanto más frágil te encuentras. Son tan educados que hasta terminas agradeciendo la partida de madre.

Lo veía a los ojos para descubrir los pliegues de su conciencia. No parecía del FBI pero sí periodista. Me daban un putero de hueva estos vatos, siempre chingando. A las 10 de la noche yo estaba en una encrucijada, como las que alimentan las palabras de Borges (dos a cero, pinches putitos. Derramo cultura aunque se caguen). La decisión consistía en tomarme otra copa con Zack e irme a mi depa o llevarme, de una vez, puesto al gringo.

No podía tardarme más tiempo. Las ojeras están prohibidas en mi trabajo. Era el último fin de semana que podía pasar sola de shopping antes de regresar a México con los niños, el marido, las buenas maneras, la misa en la basílica de Guadalupe. Bueno pues ya: ¿pinche, Zack, rifas o te pandeas? Y no se pandeó el chingado representante del Imperialismo Yanqui.

En el lobby del edificio estaba Reynold, un negro a todísima madre que conseguía coca, cocadas y cocos con ron sin importar la hora. Good night, Madame... Do you want a special gift for you and your guest? Hi, Reynold, today is not one of those days. Thank you. Y deslicé la tarjeta de seguridad para subir al elevador.

Really, do you live here? Les digo, el Zack siguió con su actuación de puñetero cuando subimos al penthouse que daba frente a Bayfront Park, justo a unos metros del mar. No mames, esto está de rompe culos. Eso es lo que hubiera dicho si fuera un pinche mexican nahuatlaca relleno de tacos al pastor, pero como éste es gringo sólo expresó: Wow, it's incredible, but you, my love, you are the real beauty of this place.

Y después, para qué más detalles. Ya sabéis, copas, risas, excesos: cómo van a caber tantos besos en una canción. De esta manera es como plagio a Sabina, porque sí, me gusta Sabina y me vale que se enchilen, pinches chairos de clóset. Hay caprichos de amor que una dama no debe tener... y eso era Zack, un capricho que podía costarme caro.

Se tomó seis tequilas de la reserva que conservaba en mi departamento y ahí valió madre. Luego del primer round se me durmió el muy cabrón. Tuve tiempo de revisar su cartera. No traía ninguna evidencia de periodismo o de policía. ¡Chico malo, chico malo! Pude haberlo encañonado y pedirle a los rusos o a los cubanos que vinieran por él. En Miami estas dos mafias trabajan con un profesionalismo extraordinario. La única diferencia es que a los rusos sí se les entiende cuando hablan español.

Pero nada. Zack siguió durmiendo hasta el otro día. El sol iluminó la bahía. Supuse que el gringo estaría crudo. Pedí menudo del Rinconcito Mexicano de La Pequeña Habana. Mientras preparaba una michelada, al efebo lo despertó el timbre de mi celular junto a la cama. Hi, Darling. Shut up! My husband is calling. Era verdad, me llamaba mi marido. Buenos días, Señor Presidente, amor de mis amores. Sigo en Miami, pero no te preocupes hoy mismo vuelo para la Gran Tenochtitlán. Llego perfecto para la campaña en el Estado de México. ◼

Asesinato en la Calle Ocho

FRANCISCO DE REGLA MIRÓ A CONSTANZA ENTRAR a la galería, sin saber que se llamaba Constanza. Imaginó su cuerpo formando un manantial de placer, sin saber que no volvería a verla. Fue a su encuentro en búsqueda de una presentación fortuita, sin saber que Constanza estaba en el local de La Pequeña Habana para asesinarlo.

Como cada viernes cultural la Calle Ocho nacía para la noche latina. Las exposiciones de arte se convertían en fiestas entre amigos y visitantes como prólogo al baile que se preparaba en el Ball and Chain, mientras en el Tower Theater se exhibían las mejores películas de autor de la ciudad. En el bulevar Azúcar, frente al parque del dominó, la rumba cubana alimentaba el fulgor de habaneros, dominicanos, colombianos y cada vez más venezolanos que se confundían con norteamericanos y japoneses que también bailaban.

Ante la marea de acentos nadie notó con rareza que una rusa blanca, con cabello oscuro, en vestido entallado del mismo tono, hubiera pasado una hora tomando micheladas en El Taquito.

¡Pinche Mongolia Exterior!, se repetía Constanza riendo. Era el chiste que había aprendido en la Embajada Rusa de la Ciudad de México, donde había trabajado durante cinco años, dos meses y 17 días. La Operación Regreso del Zar, llevada a cabo desde la campaña electoral, la había devuelto a Miami.

Como sucedía con su gobierno, la orden llegó sin explicaciones. Objetivo: el artista conceptual hiperrealista cubano Francisco de Regla. Lugar: Galería de Arte Acosta León, la Calle Ocho de la Pequeña Habana. Tiempo: viernes 27 de octubre 2017. Así debía de pintar, el muy hijo de la chingada, si le estaban ordenando asesinarlo. Cuando hacía bromas en español, Constanza pensaba en mexicano.

Francisco de Regla se presentó en inglés. Constanza le respondió en español. Por su castellano, nadie hubiera imaginado que se trataba de una rusa. Siguió la peregrinación de cuestionamientos: ¿De dónde eres? ¿Hace cuánto llegaste? ¿Por qué estás aquí?

Constanza le explicó su trabajo como agente de artistas latinoamericanos en Estados Unidos y Europa. Le dijo que, desde su última exposición en La Habana, había seguido la evolución de su obra donde se fusionaba un discurso en el que estaban presentes los iconos más representativos de la cultura yoruba mezclados con el tedio de la sociedad moderna, más allá de cuestiones políticas. ¡Pa' la pinga! Está mujer me está leyendo la mente.

Francisco de Regla frenó sus ansias de singar con aquella mujer porque le pareció que se avecindaba un buen negocio. Así que no le pidió tomar una copa tras la exposición. Luego de intercambiar tarjetas, quedaron para verse al día siguiente, el sábado, en el María Bonita del Down Town. Constanza se despidió con un abrazo y un beso que acarició las comisuras derechas del artista. Un raro cosquilleo le entumeció los labios. Pensó que era la sensación física el deseo. Tal vez dinero y mujer vendrían juntos, sonrió Francisco de Regla.

Constanza salió de la Galería. Decidió esperar en la Cervecería La Tropical hasta que empezaron a sonar las primeras sirenas y llegaron las ambulancias y patrullas a la galería. A lo lejos alcanzó a ver cómo los camilleros sacaban el cuerpo de Francisco de Regla bajo una sábana blanca.

El trabajo estaba hecho y, con ello, el mensaje llegaría al Kremlin y a La Habana, pero principalmente, el mensaje llegaría a su verdadero objetivo: La Casa Blanca. ▪

Ariadna

ARIADNA BAJA EN LA ESTACIÓN DE GOVERNMENT Center. Tres niveles hasta el corazón del Downtown, siempre laberíntico, siempre extraño. Justo ahí se cruza la primera avenida con la primera calle. Desde que llegó a Miami, Ariadna aprendió la desolación de la ciudad. Nadie camina por la zona. En medio de edificios con columnas dóricas de cinco metros, en medio de muros que impiden observar el horizonte, en medio de los jardines tan bellos como perversos, la ausencia es la constante.

Ariadna anda por las banquetas. Mira hacia arriba donde el sol apenas aparece. Lo perverso de la modernidad le hace sentir la repetición de las estructuras. Cemento y vidrio hasta rozar el cielo. Edificios que nuevamente aparecen como si nunca acabaran, como si volviera a regresar del punto donde partió. Ariadna ha comprendido que esta zona de Miami no está hecha para caminar. Se lo dijeron sus amigas y se lo confirman los homeless que se arrinconan en las bancas o por debajo de las construcciones de millones de dólares, donde se resguarda la justicia de un país que escupe a los más débiles.

Ariadna camina. Pese a las advertencias, camina. Ha llegado a comprender que esa miserable gente no es peligrosa, sino más bien funge como guardián del mayor secreto de Miami: hay un monstruo y aquí pueden verse sus entrañas. Por eso, mientras camina, Ariadna piensa en la balsa en la que se echó al mar rumbo a una tierra sin nombre. No hubo amor, ni Teseo, ni esperanza.

Ariadna se lanzó al mar porque tenía que luchar y luchando llegó hasta un pueblo alimentado por inocentes. Se trata de una maquinaría de muerte y dinero, responde Ariadna cuando le preguntan sobre la tierra a la que el mar la trajo. Cada año mueren jóvenes alimentando al monstruo que no se cansa de engullir esclavos que se han dejado seducir por la satisfacción del instante, por objetos tan superfluos como extravagantes.

Aun con la podredumbre en el horizonte, Ariadna no flaquea. Ariadna lucha. Es lo que sabe hacer: luchar. Desde que se lanzó al mar, e incluso antes, cuando en su pueblo no había qué comer, luchaba. Cuando sufrió la dictadura, luchaba. Cuando se desapareció su familia, luchaba. Tan sólo lucha porque es lo que sabe para sobrevivir en un mundo sin dioses pero con estatuas de dioses.

Y para luchar con cierta ventaja Ariadna preparó el escape. Aprendió números, memorizó calles, aprendió los entresijos del Laberinto que es el Downtown de Miami. Al doblar a la izquierda camina tres cuadras. Frente a un edificio de ventanales gigantes Ariadna detiene sus pasos. El Minotauro la mira y bufa. El cuerpo hace una sombra que le toca los pies. Ariadna empuña su espada. ∎

Rojo atardecer en Vizcaya

EL DÍA QUE ME IBAN A MATAR DESPERTÉ AL ESCUCHAR el aullido. Aun con miedo elegí el vestido carmesí. Largo, con pliegues hasta el suelo, me dejaba percibir el aleteo del mar entre las piernas. Me gustaba. Me hacía sentir libre y en calma. Eva y Lilia miraron mi piel blanca con asombro, pero también con algo de lástima. Apretaron el corsé y de inmediato salí de la habitación hacia el balcón de la torre. Desde ahí miraba cómo se extendía el Atlántico en el horizonte. Naranja por la mañana con matices azules. Yo lo recibía rojo con el faldón que, aún no lo sabía, anunciaba mi muerte.

Frente a la terraza encallaba el barco de piedra. Estaba separado de las escalinatas por apenas unos metros. Se trataba de otro de los caprichos de mi abuelo para alimentar su sueño europeo en tierras americanas. A ese hombre nada lo había detenido. Construyó jardines secretos, laberintos de flores, anfiteatros destinados a las bellas artes, cavernas dedicadas a Baco y al goce de los invitados —artistas, músicos, escritores, empresarios— que durante el año desfilaban por la propiedad. Y en medio de los espacios, estatuas renacentistas, fuentes traídas de Italia, murales y piezas de dos o tres o cuatro siglos atrás. Quien despertara en La Casona de Vizcaya juraría que estaba en Venecia o en Florencia y no en Miami, en medio de manglares que amenazaban con engullir la residencia cada otoño.

Tras unas horas de alimentarme con el oleaje fui hasta la habitación oriental donde se ordenaba el desayuno. En la mesa redonda esperé sin hablar. En la casa sólo había tres invitados que seguramente seguían dormidos. Dos estatuas de piratas chinos flanqueaban un enorme jarrón de cerámica perteneciente a la Dinastía Ming.

Al mirarlas recordé a Jiang Shi. Cuando habían traído las piezas llegó él también de Oriente. Unas líneas siamesas hacían las veces de sus ojos. Nadie me había mirado con tanto deseo como lo hizo Jiang Shi cuando entró por el jardín la mañana del desembarco. No hablaba. No exigía. No murmuraba mi nombre. Solamente lo encontraba detrás de los pasillos, entre los ramajes de los jardines, escondido en las palmeras cuando yo tomaba el té frente al mar. Sentía cuánto me deseaba y ese deseo inundaba mi cama por las noches. Al pensar en sus manos yo era el mar en movimiento.

Mientras miraba el mural de las paredes lo sentí a mis espaldas. Su reflejo en el platón de bronce me confirmó su presencia. Habían pasado meses humedecidos por el silencio. Esa mañana decidí cruzar el umbral. Bajé el corsé para que viera mis senos. Sin embargo, al darme la vuelta para su encuentro no había nadie. Ni siquiera su sombra degustaba mi torso desnudo.

Las lágrimas acompañaron el vacío que me crecía en el vientre. Dos hijos muertos no pueden soportarse en la soledad, me repetía. Apenas recordaba la lucha entre Ricardo y mi abuelo para no internarme en la Isla de Blackwell. Yo era Inés, la hermosa mujer moderna criada en Manhattan. Inés, la esposa, la compañera, la amiga. Y al mismo tiempo: Inés, la maldita, la que carecía de un vientre para ser madre, la que soñó que sus hijos eran devorados por un par de lobos negros. Al despertar, la sangre entre las piernas, el dolor en la cadera, los ojos de Jiang Shi como dos líneas frente al mar de Miami.

Van a matarme a mí también, le dije a Ricardo luego del aborto de los gemelos. Los lobos van a venir por mí para matarme. Llévesela, respondió llorando. Vizcaya será un buen lugar para que descanses, dijo mi abuelo mientras me tocaba el rostro. El viaje fue dulce y cada vez más caluroso. El tren se dirigía hacia el sur, hacia el mar, hacia un horno de humedad. El mundo se fue volviendo un infierno hasta que entramos al cuarto de refresco de La Casona de Vizcaya. Humedecí mi cuello mientras Lilia y Eva quitaban mis zapatos para masajear mis pies blancos. Señorita, usted estará feliz y tranquila con nosotras. Sonreí.

El día de mi muerte, cuando me trajeron los huevos con pan francés, pregunté por el oriental. Las mujeres parecían desconcertadas. Dejé de insistir para no ser arropada por la condescendencia ordenada por mi abuelo. El resto del día lo pasé dibujando frente al mar. Hasta ahí llegaba la fruta traída por Eva o Lilia. Me gustaba el licor de coco y la absenta antes de terminar las pinceladas. También pintaba para no llorar, para no recordar, para no desangrar por fuera lo podrido en mis venas. Jiang Shi lo sabía porque me dejaba pintar. Sólo se dejaba sentir cuando cambiaba el lienzo o tomaba un respiro. Sus ojos, siempre sus ojos, regalándome un sentido de existencia.

A las seis de la tarde se anunció la noche. Lo vi en el barco de piedra esperándome. Otra vez el naranja fue dibujando una herida sangrante en el cielo. ¿Estás lista? Un último sorbo al vaso verde. Bajé las escaleras de piedra rumbo al mar. El vestido carmesí se extendió alrededor. Seguí así hasta llegar a la nave encallada. Me tomó de las manos y me invitó a subir. En la terraza las mujeres aullaban como hembras en celo. El mundo era rojo. Me besó los labios hasta que sangraron. ¿Tú eres el lobo? Yo te salvé del lobo. Llevó su boca a mi cuello y sentí cómo mi llanto salía por fin líquidamente. Me vaciaba de vida y también de desconsuelo. Hasta el mar llegó mi dolor. Cuando volvió a poner sus labios frente a los míos acaricié la dicha. La muerte sabe a sal. ∎

Son de Miami

CECILIA ESCUCHA LA QUINTA SINFONÍA DE BEETHOVEN.
Ve las vías del metro y escucha la quinta sinfonía de Beethoven. El ambiente le recuerda al puerto de Alvarado. Huele a mar.
Huele a él. A sus palabras escritas en el periódico. Te anduve
buscando hasta que me bañó la Luna.

En la Segunda Guerra Mundial los Aliados tomaron la misma
melodía para combatir la música de Wagner que había adop-
tado el Partido Nazi. Cecilia abraza el estuche en su pecho. Su
jarana duerme. En el pentagrama la quinta sinfonía se dibuja
por tres notas de Sol y un Mi bemol, lo que se traduce como
tres puntos y una línea en clave Morse.

Tres puntos y una línea como la "V" de la victoria al entrar a
Berlín y terminar con la guerra. Para eso sirve la música, para
terminar con el horror del mundo. Cecilia, junto a su jarana,
espera el tren que, en la estación de Brickell, es anunciado por
Beethoven. Puede ver los pentagramas estudiados en el con-
servatorio. La música y la alegría. El fandango y el baile. ¡Qué
iguana tan fea, se tira a un lado, para que la vea!

Junto a la melodía llega el olor del mar. Huele a él. Desde la
plataforma de la estación del tren puede ver la única bandera
mexicana que ondea en Miami. El verde y el rojo entre los edi-

ficios la acercan a Veracruz. Al Veracruz que tú escribías. A la guerra en Veracruz que tú escribías en tu periódico.

No hay aún Beethoven en Veracruz. El horror sigue brotando de la tierra. Y los cuerpos y las madrugadas y las lágrimas al no encontrarte. ¿Qué te hicieron? ¿A dónde te llevaron? Mi mamá me dijo que sembrara flores, que saliera al campo a buscar amores.

Para eso sirve la música, para terminar con el horror del mundo. Por eso Cecilia ve la bandera, escucha a Beethoven y pega la jarana a su pecho. Yo tenía mi camotal en cinco de Luna. La misma Luna que me vio buscarte hasta donde el mar deja de tener ese nombre y se nombra como un susurro: sea. Tuve que escapar porque iban a matarme, me dijiste. ¿El gobierno? ¿El narco?

Beethoven deja de escucharse y aparece el tren en la estación de Brickell. La jarana sobre el pecho, la mirada al cielo. Las puertas se abren. Miami huele a mar. Huele a él. Cecilia lo ve bajar del último vagón. Lo besa como se besan los recuerdos.

Cuando regrese, en Veracruz le preguntarán:

¿Cómo es Miami?

Violenta y bella… y llena de amor como la quinta de Beethoven. 🅝

La balada de la mujer que lloraba

La Mujer lloraba. Frente a la pantalla el llanto le coloreaba el rostro. Era un óleo pintado con recuerdos que se desmoronaban como los murales de la Calle Ocho. No importaban las imágenes, los actores, la historia, el director de la película. Ella lloraba. Iba a la sala del Tower Theater a llorar. En el llanto soltaba su historia. Yo la miraba desde el cuarto de proyección y las lágrimas me hacían cómplice del dolor. En cada uno de los sollozos, casi susurrados, me esforzaba por descubrir, una a una, las piezas de su amargura.

Tampoco era complicado adivinar los motivos del llanto. Es cierto, en Miami todos somos migrantes. Pero los más desdichados hemos llegado huyendo de un algo tan terrible como la propia muerte. Pobreza, abusos de poder, costras de violencia. Por eso ignoramos el día de la partida. La ciudad se vuelve finalmente un viaje sin regreso.

Allá, en aquel país, donde se habla español, donde la comida trae risas infantiles, se han quedado los amigos, los hermanos, las madres que también lloran. Aquí, sucede algo parecido. Los atardeceres más hermosos del mundo invitan a las lágrimas. Es así como en Miami, los menos favorecidos andamos todos los días con una herida en medio de los sueños. La Mujer lo sabía y entonces lloraba.

Cada tercer martes del mes aparecía en la taquilla del cine. Una entrada, por favor. Por arriba del vestido La Mujer se colocaba un mantón negro. Yo conocía el momento de su entrada. Salía del cuarto del proyector y me paraba al frente para regalarle, para regalarnos, un saludo con los ojos. Lo sabíamos: el llanto provoca complicidad. Luego la seguía con la mirada. Más que sorpresa, el pasillo del viejo cine le causaba reencuentro. Ella veía una historia vedada para todos a su alrededor.

Desde la primera vez, la imaginé niña, corriendo por el Tower Theater de los años sesenta, cuando los exiliados cubanos fundaron La Pequeña Habana. Sus carcajadas me alimentaban. Era como si en verdad las hubiera vivido, como si yo regresara también a la infancia. Nos pensaba jugando por el cine, tan grande y amplio, como se ve el mundo desde el sentimiento infantil. Éramos felices. Nos pensaba felices. Eso es lo que yo hacía. Imaginarla.

No me costaba trabajo alguno. Su belleza era nuestra. Lo decía su piel. Tenía el color de la tierra labrada con dulzura. Nunca supe su verdadera nacionalidad. Tampoco me importaba. El viaje era lo que nos unía. Ella había venido de ese Sur tan hermoso como miserable. Nuestro Sur, capaz de construir los sueños más hermosos en medio de las pesadillas más terribles. Por eso compartíamos las alegrías junto a las llagas. Teníamos almas siamesas y el humor cuajado en las desdichas.

La imaginaba. Eso es lo que yo hacía. Desde la caseta de proyección, la veía entrar a la sala, elegir la tercera fila, colocarse junto a la pared. Con las luces apagadas, en cuanto yo corría la cinta, ella soltaba el llanto. A su lado, sin estarlo, me veía consolándola. Te pareces a esas mujeres de los murales de la Calle Ocho. Es verdad, no te rías. Estoy seguro que te eligieron como modelo para pintarlos. Siempre que camino por la 15 avenida volteo al edificio y parece que te miro. En sus paredes hay pintada una mujer junto a una niña. Podría jurar que eres tú. Son mujeres iguales a ti. Inspiran misericordia al mirarlas.

Saliendo del cine, te voy a invitar a bailar. Al Ball and Chain o al Cuba Ocho. Te gustan los mojitos, ¿no? Yo soy así, con el tumbao que tienen los guapos al caminar. Eres mala porque te sigues riendo. O vamos por ahí, compramos helado del Azúcar. Eres tan hermosa. Incluso cuando lloras, iluminas la vida. Se hace un silencio en el universo para escucharte llorar. Pero nunca le hablé. Ella salía con las lágrimas purificadoras. Yo me quedaba a esperarla hasta el siguiente mes. El vacío es un triste heraldo del tiempo.

No creo que las películas sean tan malas como para llorar en todas las visitas. Dejé la nota en el asiento a donde llegaría La Mujer. Lo descubrió cuando se sentó, pero no lo leyó. No lo leía. Yo la miraba iluminado por la luz de la pantalla, mientras Humphrey Bogart le aseguraba a Ingrid Bergman que siempre tendrían París. Miami es nuestro París. ¿No lo crees? Sería hermoso adueñarnos de este espacio. Juntos. En ocasiones las amarguras alimentan la hoguera. Si unimos nuestros dolores pueden florecer los días. No digas nada. Escucha. Tan sólo escucha.

Sería lindo tomarte de la mano. Caminar. Sembrar de recuerdos, de nuestros recuerdos, a Miami. Tener un niño. Mejor una niña, como la del mural. Con tus ojos hechos para el llanto, pero también para el gozo. Acariciarle el cabello y saber que, aún hoy, aún en esta caída al vacío, existe espacio para reconciliarse con el mundo. Qué bello sería tomarlas a las dos de la mano. Ambas conmigo...

Cuando terminó la película bajé a su asiento. La vi marcharse con los ojos llorosos. En la butaca encontré el papel. Al reverso una nota. Yo también te recuerdo. Nos imagino y te extraño. Cuando subí la mirada me envolvía el silencio de la sala. Comprendí que ella jamás volvería al cine. Que jamás volvería a verla, ni estar a su lado mientras La Mujer lloraba. ∎

La madrugada que no fusilaron
a García Lorca

EN MEDIO DE AMENAZAS DE MUERTE Y CREDENCIALES
del Partido Popular, en la caja número cuatro del archivo de José
Revueltas en The Nettie Lee Benson Latin American Collection
de la Universidad de Texas, en Austin, existe un pequeño sobre
cuyo remitente sólo firma con las iniciales "F. G". No hay carta alguna o por lo menos no se encuentra en este apartado de los
papeles del mexicano. El sello postal, con la imagen de la Es-
tatua de la Libertad, corresponde a la ciudad de Nueva York y
pertenece a la serie "Liberty", conocida también como la "Sixth
Bureau Issue", lo que hace suponer que la fecha de la misiva
tuvo que rondar los años cincuenta.

Un sobre sin contenido no llamaría mucho la atención si no
fuera por dos elementos que lo ligan inevitablemente a uno de
los hechos más oscuros de la historia de la literatura en castellano del siglo xx: el fusilamiento de Federico García Lorca en
agosto de 1936.

El primero de los elementos lo ofrece el mismo Archivo Revueltas. En otra de las correspondencias, Efraín Huerta, uno de
los amigos más cercanos al autor de *El Apando*, le comunica
que rendirán homenaje a García Lorca en el número uno de la
revista *Taller*, en la que aparecerá una serie de poemas del an-
daluz transcritos por Genaro Estrada. Lo curioso es que Huerta

se refiere al poeta y dramaturgo español tan sólo como "F. G. L.", lo que hace suponer que entre la comunidad literaria de la época era común el uso de las iniciales para referirse a Lorca.

El segundo aspecto que le da un peso histórico a ese extraño sobre en los papeles de Revueltas se encuentra al otro lado del mundo. En el archivo reservado de la Universidad de Filipinas del escritor Antonio M. Abad no es una, sino 12 las cartas con las mismas iniciales que abarcan casi 15 años de correspondencia, de 1953 a 1965. Tres misivas están firmadas por "F. G.", dos por "G. L.", en cuatro simplemente aparece la letra "F" y en las tres restantes se muestra desnuda la "L". Pese al hermetismo del nombre del remitente las epístolas se reconocen escritas por la misma persona debido al estilo y a los temas que tocan, casi siempre poesía. Por ello todas están en la misma sección: la número 57 de las casi 100 cajas del Fondo Abad.

Las cartas que recibió el filipino le llegaron por medio de la Academia de la Lengua Española o directamente de España. En el cuerpo del texto es donde se evidencia que el remitente escribe desde Nueva York, lo que liga estos documentos con el hallado en el Archivo Revueltas. Todas las misivas inician de la misma manera: retoman una conversación pasada. Este detalle sugiere que hay otras cartas, tal vez extraviadas, tal vez en algún otro apartado del Fondo Abad. Las epístolas están escritas a máquina y casi siempre muestran tachaduras sobre las que se corrige a mano. El diálogo abunda sobre poesía, principalmente del Siglo de Oro. Discuten el metro en Góngora o la ironía en Quevedo, así como los avances en el trabajo de traducción de Abad.

Parecen textos sin importancia. No hay nada más aburrido que dos poetas hablando sobre poesía. Sin embargo, fuera de todo contexto, se cuelan algunas frases enigmáticas que van cobrando sentido a lo largo de los años: "A Manila le envié la primera edición del libro. Lo publicó Séneca en México" (aventuro que habla sobre *Poeta en Nueva York*); "He visto en Central Park al pintor surrealista: me desagrada cada vez más su atuendo y el de su mujer. Me mira con desprecio, como si yo hubiera elegido el silencio" (posiblemente ese pintor es Dalí y el silencio es el que tuvo que guardar Lorca luego de su supuesta muerte); "De Gran Canaria peregriné a Marruecos. Finalmente regresé a esta ciudad de asombro y desencanto"; "El asunto no camina. Los de aquí no quieren más problemas con el mundo. España, aunque aislada, sigue siendo parte de ese mundo herido".

En dos ocasiones Abad viajó a Estados Unidos para informarse sobre los nuevos métodos en la enseñanza de Lenguas. Pretendía salvar el castellano en Filipinas luego de la invasión política y cultural de los americanos, cuyo objetivo era erradicar el español en el Archipiélago. Por lo que se trasluce en las cartas, llegó a Nueva York donde vio al redactor de la hermética correspondencia. Le agradece los consejos sobre poesía e incluso en una de ellas Antonio M. Abad lo invita a la Universidad de Manila. La respuesta es tajante: "No hay las condiciones. Le agradezco ese gesto, pero no puedo ser un exiliado en su país. Yo ya no existo. Los fantasmas no pueden hablar, menos escribir sobre nada".

La línea discursiva de las cartas recrea una historia que encaja con la de García Lorca. Al parecer aquella madrugada del 18 de agosto de 1936, el poeta iba a ser fusilado en la carretera que une las localidades de Víznar y Alfacar. Pero en el momento, debido a la decisión de matarlo, se agudizó una pugna entre los miembros de la Confederación Española de Derechas Autónomas (CEDA) y la Falange.

Ramón Ruiz Alonso, a quien hasta hoy se le acusa como el responsable de la detención y el fusilamiento de Lorca, al parecer fungía como espía norteamericano. No se sabe muy bien qué pasó durante esas horas del presunto fusilamiento, pero el poeta habría sido escondido unas semanas en España y luego llevado a Portugal. De ahí partió a Marruecos en barco. Antes de que iniciara la Segunda Guerra Mundial voló de Casablanca a Estados Unidos. Al salvarle la vida, lo que buscaba el gobierno estadounidense era tomarlo como iniciador de un movimiento en contra de Franco una vez terminado el conflicto armado en Europa. Convencido por sus amigos de la Universidad de Columbia, el poeta habría aceptado el trato.

El problema fue que la guerra duró más de lo previsto y al finalizar existía otro orden geopolítico en que se enfrentaban Rusia y Estados Unidos. España se sitió bajo el cobijo de Franco y la figura de García Lorca dejó de importar para los norteamericanos que estaban enfocados a la Guerra Fría. Los datos vertidos en esta correspondencia explicarían por qué nunca ha habido certeza sobre el fusilamiento del poeta, como tampoco se ha logrado hallar su cuerpo. También justificarían la salida de Ruiz Alonso rumbo a suelo americano tras la muerte de Franco, dejando en España a su hija.

Las últimas cartas entre Abad y "F. G." corresponden a mayo de 1965. Percibiendo el ocaso del castellano en el Archipiélago, el filipino escribe: "¿Recuerda los tiempos aquellos donde fuimos compañeros de *La Opinión*? El periódico ha muerto ya, y el español en Filipinas, si Dios no lo remedia, va a seguir su suerte, a juzgar por la vida raquítica que lleva después de la guerra". La respuesta desde Nueva York es igual de lánguida: "En ocasiones creo que aquella madrugada sí fui yo el que fue fusilado". No hay más documentos. Abad muere en 1970.

La dirección del sobre firmado por "F. G." en el Archivo Revueltas remite al oeste de Manhattan: Bleecker Street esquina con la Calle Once. Actualmente es un barrio hermoso, donde viven artistas y escritores neoyorquinos y en el cual también se hallan algunas de las tiendas de los diseñadores más famosos del mundo. En la dirección proporcionada se encuentra una librería enclavada en un hermoso edificio marrón de principios de siglo. Todos los vecinos son menores a los 40 años y ninguno vivió ahí su niñez. Nadie puede dar referencias sobre el pasado de los antiguos inquilinos. Lo curioso es que hasta el día de hoy a ese complejo de departamentos se le sigue denominando "La casa del poeta". ∎

El silencio del templo

LA MUJER PASÓ EL UMBRAL ENVUELTA EN UN HALO de inquietante atracción. Dos piernas que aún recordaban las clases infantiles de flamenco daban la pauta para mirar una sombra susurrada, fina, sutil, oscilante, huella oscura de un cuerpo ideado para empachar de satisfacción cualquier deseo masculino. No había un dejo de improvisación en su arreglo. Cada prenda era una evidencia de la negación al azar, pues rehusaba enfrentarse a la suerte en momentos, como éste, en que la vida o, más bien, fragmentos de la vida se venden a un desconocido. El hombre dejó que su mirada fuera tras de esa figura estoica hasta el instante que ésta desapareció en el atrio, como una oración perdida en el vacío del aire. Desde el café frente a la entrada de la Catedral, él se consoló recreando sus encuentros, la unión de pasos, las salidas en que se sabía acompañado por la mujer que ahora veía partir hacia la capilla abierta de San José, esa capilla donde se iniciara, en el siglo XVI, a los indios en la nueva religión, debido a que rechazaban los rituales enclaustrados; la misma capilla con el corazón de piedra incrustado en su cruz que habla con palabras vegetales. "En esa cruz están las semillas del idioma, como el verbo hecho hombre que canta El Evangelio de Juan", ella le había señalado en alguno de sus múltiples paseos por el Centro de Cuernavaca, con lo que el hombre de inmediato recordaba la educación estricta y vasta, aderezada en escuelas religiosas, que ostentaba la mujer.

Inés se despidió con apenas un rozamiento de mejillas. Sin voltear la mirada, dejó mi mano y caminó hacia la puerta. Intentaría nublar su futuro inmediato en ese espacio que había hecho suyo desde los primeros años de instrucción en la secundaria para señoritas que aún se ubica a tres cuadras de aquí. Al salir de clases, recorría la avenida Morelos para llegar al jardín de la nave principal. Se perdía más de una hora esperando que al salir de ahí la vida cambiara, que concluyera la llovizna diaria de decepciones y castigos, de peleas y amenazas de separación; llovizna diaria que desembocó en la ruptura familiar dos meses después de terminar el último año de escuela. La negación de la vida apenas puede brindarnos unos instantes de consolación, pero nunca cambiará la eterna podredumbre de la realidad, así lo comprendió Inés a los 16 años y por eso ahora busca el consuelo en ese mismo espacio, intenta respirar el olor a tiempo de los muros, reconocer su historia y ser tan serena como ellos, soportar batallas, amenazas externas, al igual que esas paredes franciscanas soportaron el ataque de quienes rechazaban las nuevas creencias de los invasores. Ruego que lo logre.

El hombre pidió otra cerveza, mientras se acomodaba las gafas oscuras. Un caprichoso y casi imperceptible aullido del reloj de muñeca le recordó que faltaban 15 minutos para la cita. "Aún hay tiempo", susurró entre labios, pero de inmediato censuró la frase al comprender que mentía. Ni todas las mañanas junto a la mujer hubiesen bastado para lograr un acercamiento pleno, verdadero con ella, como tampoco bastaban los años a su lado para asir un poco de su alma. "Me vendo caro y el dinero tiene tanto poder como para arruinar lo de nosotros", había sido la razón que ella le asestó al momento que el hombre le exigió una explicación del alejamiento ocurrido unas semanas antes. Vino después el develamiento del secreto, la verdad hallada detrás del manto de la desdicha, la verdad humillante y transgresora de consciencias, como suelen ser las verdades.

Como regalo de mi cumpleaños número 22, Inés me llevó a la torre de la Catedral un día lluvioso de julio, de esos en los que en un instante el cielo se cansa del agua e inunda con un sol eufórico toda la ciudad y su espíritu verde colma los ojos, así como su olor a flores recién nacidas deja atónitos a los visitantes ajenos al carácter de la ciudad. Desde la torre cambiaba el mundo, se veía más amplío, con más elementos coincidentes entre sí que contradictorios. Las copas de los árboles emergían del vientre de los edificios y casonas que en otro momento gozaron de una vida más tenue, cuando Cuernavaca apenas era un pueblo con callejas empedradas y sueños de un porvenir demasiado lejano como tomarlo en serio. "En la torre original –ésta se construyó en el siglo XIX– se colocó el primer reloj mecánico de América, que fue donado a Cortés por Carlos V y traído desde la catedral de Segovia, ¿sabías?" Contesté afirmativamente para no concederle espacio a su burla que seguramente hubiera seguido. Claro que Inés comprendió que yo mentía, sin embargo

calló cualquier comentario que hubiese roto aquel espacio re-
servado para la vida. Era como ella lo había imaginado tantas
veces, era el lugar propicio, su lugar propicio, donde la contem-
plación dejaba atisbar la sutil hojarasca de una existencia, que
ya desde entonces, sabíamos amarga.

El sitio de internet mostraba un anuncio en rojo, exigiendo
ser mayor de 18 años para poder acceder. Sin más remordimien-
to, el hombre había ingresado y de inmediato reconoció aquel
lunar en la entrepierna que mostraba la fotografía de una mujer en liguero francés. Miró de soslayo a los demás comensales
y quiso asegurarse que nadie observara la pantalla de su computadora personal. "Afrodita", según el anuncio, era una mujer de
tez morena clara, con cabello hirsuto hasta los hombros y un
perfil que igualaba la belleza divina de la que había tomado el
sobrenombre. Durante su trabajo de acompañante —"escort",
explicaba la página— le podían llamar "Tania" y, haciendo juego
con su atractivo físico, la seguridad, cultura e idiomas que podía
hablar, garantizaban un fin de semana extraordinario con un final bañado de éxtasis. "Nivel ejecutivo, sólo para los más exi-
gentes", se advertía en el portal, donde además se exponía la
tarifa diaria en dólares, seguida de un número celular y una dirección de correo electrónico. Al momento que leía la información, el hombre recibió un dardo de su memoria. Recordó el
instante en que había visto el anuncio por vez primera, el repu-
dio contra ella y todo lo que ella significara. Ni caricias ni rega-
los excéntricos podían menguar el coraje que le iba naciendo
del vientre para envolver cada parte que, apenas unos segundos

antes, la amaba completamente. "No podrías entender por qué lo hago. Así que tú decides si te marchas o me ayudas a que todo siga saliendo como hasta ahora, que en cada cita cualquier acción esté controlada". El hombre se vio sentado en aquel café, esperando a que llegara el cliente a recoger a la mujer y supo que la decisión estaba equivocada, pero nunca podría haberla dejado. No podría saberse sin ella.

El vértigo me persigue en cada cita. Sudo, necesito huir, los lentes oscuros me pesan, reviso el internet en mi computadora y me aseguro, una y mil veces, de la hora y el lugar del encuentro. Es imprescindible que el cliente no repare en mi presencia. Para él, Inés, mejor dicho Tania, es independiente y a las chicas independientes se les paga más. Ella también sigue su ritual arañando con la consciencia su deseo de que, por lo menos, sea un tipo agradable. Va a la capilla abierta y luego entra al templo de la Asunción para deambular por debajo de su bóveda de cañón corrido y planta de cruz latina. Se detendrá a ver los frescos que recuerdan el martirio que sufrió San Felipe de Jesús, primer santo mexicano y de América, en Japón, en 1597, los cuales fueron pintados por indígenas y que aparecieron, de repente, cuatro siglos después, cuando se hacían trabajos de remodelación a la nave principal. Inés me confesó que se sentía como esos artistas olvidados, martirizados para recrear un martirio que posteriormente causará el asombro del espectador. Mirará luego el Cristo suspendido en el centro de la iglesia y creerá que el silencio que la baña es tan sólo la vacuidad de su alma.

De la camioneta con vidrios polarizados descendieron dos sujetos, a manera de escolta, con anteojos semejantes a los del hombre. Un vehículo se había estacionado justo detrás de ellos, frente a la puerta de la Catedral, por donde minutos antes había ingresado la mujer. Uno de los guardias abrió la portezuela del automóvil y en un gesto de sumisión le indicó, con un movimiento de manos, la dirección del templo al sujeto que salía del auto. El hombre estaba impedido para escuchar la conversación, pero bastaba observar detenidamente la escena, a fin de comprenderla perfectamente. Era como una pieza ensayada en infinitas ocasiones con anterioridad. *Inés, mirará en este momento su reloj de pulsera y sabrá que el tiempo, ese fardo perpetuo, le demanda, una vez más, interrumpir el rito. Saldrá por la puerta y aún se dará un espacio para mirar la inscripción que señala a 1552 como el año de finalización de la obra que hasta 1891 fue establecida como la Catedral de Cuernavaca. "¿Cómo no saberlo?", decía.*

El tipo que porta un traje sastre va al encuentro de la mujer; ella lo nota y se deja ceñir por los brazos masculinos, con el propósito de subrayar su pertenencia. Será de él por los próximos tres días. *El vestido que ha elegido Inés resalta la elegancia de unas caderas bien formadas y dispuestas para la batalla; ahora sale del brazo del cliente y sé que me está buscando, me ve, se disculpa un segundo y viene hacia mí.* El sujeto da algunas órdenes a su escolta y mira cómo "Tania" cruza la calle y se dirige a comprar una cajetilla de cigarrillos en el café de enfrente. La mujer entra al establecimiento rozando, apenas con la pierna, el brazo del hombre que mantiene una cerveza, junto a la computadora personal, sobre la mesa en que se encuentra sentado. Al salir del café deja caer un papel en la mano del hombre, sin que el sujeto que la espera se dé cuenta de la acción, pues se encuentra disfrutando de la esencia femenina que muy pronto probará. La ayuda a subir al vehículo e, inmediatamente después, el convoy arranca. *"Sólo a ti pertenezco y muy pronto así será en realidad", se dibuja en la pequeña hoja en blanco que me ha tirado Inés.* El hombre sonríe, cierra la computadora, paga la cuenta y *me dirijo a la iglesia a rezar porque a mi hermana le vaya bien, con éste, su último cliente.* ∎

Díaz Ordaz, el quinto Doors

AL PRIMER JALÓN DE MOTA DÍAZ ORDAZ NO sintió nada. Ni mareos, ni náuseas, ni alucinaciones. Tampoco en el segundo. El tercero lo aspiró por pura cortesía. La chingadera de ser mexicano y tener que comportarse frente a los extranjeros. Una herencia de Moctezuma que nos partió la madre. Pinches jipis no sirven ni pa' ponerse pendejos, pensó el presidente mientras veía cómo el salón Venustiano Carranza iba tapizándose de bocanadas. La mariguana es buena contra el cáncer, le había dicho su hijo Alfredo cuando le pidió que recibiera a los nuevos amigos gringos. Son famosos. Vienen desde California a dar conciertos al Forum.

Lo mejor sería correr a madrazos de Los Pinos a estos greñudos maricones. Díaz Ordaz intentó levantarse del sillón central que ocupaba en la reunión, pero el cigarro que Jim danzaba entre el corro había llegado nuevamente a sus manos. Tomó el churro con el índice y el pulgar como haciendo la cruz del miércoles de ceniza. Aspiró suave, lento, sintiendo el humo navegando al interior de sus pulmones. El escalofrío fue un árbol cuyas raíces crecieron por sus manos y piernas. Sintió el rostro pesado como una máscara a punto de arrancársele. Miró al hombre frente a él. La barba, el cabello largo y rizado, la mirada misericordiosa. El presidente supo que se trataba de Cristo (¿o era Fidel

Castro?) que le musitaba: "This is the end, beautiful friend... this is the end, my only friend, the end".

Gustavito, Gustavito, Gustavito.... se abrieron las puertas de la casa en Oaxaca. Desde el umbral la mujer le habla. Sabina se llamaba mi madre. Sabina, como la curandera María Sabina. También comía hongos. Nos iniciaba a los nueve años. ¿Qué haces, Gustavito? Una mano en la cara que se vuelve sonrisa en los labios. Besos en la frente. El abrazo de una madre es un calor como de regreso al origen. Me siento feliz oliendo su pecho. No te vayas. El niño levanta la mirada y el rostro ha cambiado. Un lunar entre las cejas y unos ojos de felino lo hacen enfurecer. ¡Chingada madre, Irma, lárgate de aquí! No quiero más problemas con Guadalupe. Lupita era su mujer, su sagrada esposa, la madre de sus hijos. Lupita, como La Virgen. Borja, como el recuerdo del santo Papa Alejandro VI.

La carcajada de la mujer tigre le agujerea el cuerpo. Emergen lágrimas y sangre de los hoyos en su vientre. Empieza a vomitar cráneos de jóvenes. ¡No queremos Olimpiadas, queremos Revolución! Camina descalzo por La Plaza de las Tres Culturas. Sus pies se llenan de mierda. Hay luz pero sin sol. El cielo es rojo y la noche exige su espacio y su tiempo. Los cráneos forman una pirámide en medio de Tlatelolco. El niño-hombre sube mirando hacia atrás de vez en vez. Es peligroso andar por la ciudad sin el Estado Mayor Presidencial. En la cima un sacerdote mexica sostiene en lo alto un cuchillo de obsidiana. Con el torso desnudo la víctima yace en una cama de piedra. Sólo un segundo Díaz Ordaz piensa en detener el sacrificio, pero ve al sacerdote. Tiene su propio rostro. Sonríe. Él es el asesino de almas elegido por los dioses. Observa caer el cuchillo que penetra en la piel del hombre acostado. El sufrimiento del otro le provoca placer. Cuando intenta ser testigo de la muerte descubre que el torturado también lleva su cara. Se mira muriendo. Toca su pecho y siente el fuego de la herida. Cae de espaldas a un lado de la pirámide. El abismo es profundo como el dolor. El grito le sabe amargo en la garganta.

Alfredo se levantó del asiento. Órale cabrones, hagan algo. Los centinelas veían al presidente convulsionando en el suelo. Se va a morir. Se está cagando el jefe. El médico de guardia llegó en dos segundos. La alfombra olía a mierda. No es cardiaco, sólo tuvo un mal viaje. Morrison miraba la escena desde la otra orilla. Antes de morir en París iba a recordar, a carcajadas, esa noche en que los niños perdidos lo llevaron a conocer al dictador del país de las maravillas. Let's go, le dijo a Ray. Con el cabello largo y la barba desarreglada Jim todavía tuvo ánimos de pararse frente al junior arrodillado y le escupió: "Your father is an asshole". Los militares cortaron cartucho. A Morrison le urgían unos tacos para el monchis. Se había hecho adicto al suadero durante ese viaje a México. ∎

El hombre al que salvó Kurt Cobain

CORNELIA ME ENSEÑÓ EL CUCHILLO DESDE EL lavabo de Burger King. No era tan violenta como gorda pero igual me dejó perplejo. El gerente había salido antes del cierre y los otros dos "asociados" —palabra culerísima para ocultar el esclavismo neoliberal— tiraban la basura atrás del estacionamiento. Podían pasar media hora en la oscuridad que les permitía fumar mariguana y masturbarse mutuamente. Se trataba de un acuerdo entre caballeros.

Cerca de la barra yo veía a la mujer con su fleco que tocaba el techo gracias a las delicias del spray Aquanet. Se lo había desteñido con agua oxigenada. Cuando abría la boca podía verle parte de la dentadura llena de residuos de las hamburguesas que no se cansaba de probar. En el cuello, tría un pequeño collar de grasa oscura. Era su marca de vida. La blusa, azul y roja, con su nombre en una plaquita, apenas podía sostenerle una tetas que nacían debajo de los sobacos teñidos de sudor. Le olían agrio. Yo estaba completamente enamorado de ella.

Minutos antes de que me amenazara con el cuchillo, en mi pantalón preparaba el anillo de compromiso. Creía excesivamente romántico pedirle matrimonio en el mismo lugar donde, dos meses antes, Cornelia me había quitado la castidad. Habíamos estado por primera vez juntos el 20 de febrero, justo el día de nacimiento de Kurt Cobain. Era mítica nuestra fecha. Soñaba con algún día llevar a nuestros hijos a cualquier Burger King y contarles: "aquí empezó todo", mientras ella y yo nos regalábamos unas sonrisas nutridas de complicidad y erotismo.

Al notar que regresaba de cerrar la puerta principal, la vi lavando los últimos utensilios de cocina. Aún faltaba cerrar con llave los baños, limpiar las mesas del fondo y apagar los televisores del pequeño restaurante. El ritual de salida nunca se modificaba para aprovechar el telecable hasta el último minuto. En menos de media hora estaríamos fuera, celebrando. Cornelia llevaba sus walkman amarillos, marca Sony, regalo de su ex novio. Me encabroné poquito. Aguanté las ganas de reclamarle. No podía arruinar el momento. Al sentir mi presencia, volteó para escupirme: *Jesus, don't want me for a sunbeam*.

Apenas era un año mayor que yo pero siempre me sorprendía con su experiencia de vida. Además de las delicias del amor, me había enseñado también el grunge. Convertimos a Seattle en nuestro París. No había mejor soundtrack para esa noche que Nirvana. Estaba por arrodillarme cuando los gritos de Cornelia empezaron a navegar en llanto: "Don't expect me to cry/ Don't expect me to lie/ Don't expect me to die for you". Tomó el cuchillo y fue por mí. Salté la barra. Afortunadamente su encabronamiento no la hizo más ligera.

Empezó a mentarme la madre por el robo de unos cartuchos de Supernintendo que le habían sacado de la mochila. Sus piernas trataban de superar el despachador. Si logra brincar, ya valí verga. Rodó y cayó del otro lado. Mi lado. Te amo, le dije. Chingas a tu madre, flaco mamón y ratero. Aunque golpeada, se levantó. Empezaba a tratar de ubicarme al momento que del noticiero nocturno de MTV dieron la noticia: "Kurt Cobain ha sido encontrado muerto en su casa, víctima de una sobredosis". Callamos. Tras unos minutos ella siguió llorando quedamente. La muerte se le anidó en los hombros. Se agachó hasta quedar en cuclillas. Quise consolarla pero, aún en el suelo, no soltaba el cuchillo. Fui por mi chamarra de piel, con logo de Guns N' Roses, y salí del local. Como homenaje luctuoso, desde aquel 5 de abril de 1994 no como en ningún Burger King, ni tampoco me interesan los videojuegos. ∎

Canto del Mar

CUANDO EL TIEMPO SE CONTABA CON EL DESCENSO de los granos de arena, las sirenas observaban los sueños de los marineros para cumplirles sus fantasías. Los sueños son materia curiosa: salen, huyen, vuelan, puesto que no son terrenales, por el oscuro firmamento que los acoge y quieren regresar a su origen: el paraíso. Tienen el aspecto de jirones de seda que ascienden zigzagueando en medio de las estrellas. Cuando demasiada gente emite gran número de sueños y estos corren en bandada por el cielo, se enredan, se mezclan, se confunden hasta formar un ovillo gigante y blanquizco, que los mortales han llamado de forma curiosa: luna, luna llena.

Es ahí, en esas noches, en las que algunas mujeres pasan horas observando, sin saber por qué, a la gran rueda de los sueños. Son sirenas. Muchas de ellas lo desconocen y la gran mayoría morirá sin saberlo. A las sirenas de hoy la risa les brota como ola que juguetea en la playa. No les gusta, aunque en ocasiones lo hacen, usar zapatos muy complicados. Todavía no se acostumbran a tener que caminar y prefieren calzado más cómodo: guaraches, tenis o algo similar.

Las sirenas siempre son independientes de alguna manera. Generalmente se reúnen en grupos de tres, en los que ninguna sabe de su condición y, aunque sean las mejores amigas, son entes distintos y nunca una dependerá de la otra. A las sirenas les gusta la lectura y les fascina aquella poesía que hable del mar, por eso si deseas seducir a una sirena, el arma infalible es que utilices a Neruda como cómplice y ella, casi de inmediato, te entregará su corazón cuya forma es de caracola.

Las sirenas han dejado de cantar —no todas, por supuesto—, porque su canto se les ha ido desgastando al no beber suficiente agua salada, líquido penetrado por esa sal que le inyectaba la brillantez a su voz y que no es otra cosa más que el polvo de cometas, que estos van esparciendo cuando corren por la madrugada.

Las sirenas son muy difíciles de identificar. Ha habido el caso de hombres comunes que han dado con alguna, pero son hechos extraños. Los únicos que comprueban realmente que una mujer es sirena, y eso en situaciones especiales, son los marineros (aquellos que besan y se van) y los poetas. Y yo, irremediablemente, soy poeta.

A mi sirena le han dado el nombre mundano de Natalia. Ella es un poco mayor que yo. Tiene 21 años. En la punta de sus dedos trae incrustadas perlas imitando uñas, y en su acento al hablar todavía se escucha —si se le pone atención— un siseo muy especial, que es el sonido que emite la brisa cuando pasea por las playas.

Su aroma es salado y en sus piernas aún se encuentra lo terso de la piel de los delfines que en otro tiempo estuvo ahí. Supe que era sirena cuando vi cómo brotaba de sus ojos un poco de la humedad del mar al oírme decir el "Poema veinte". La amé desde aquel momento.

Ahora que la espero mirando mi taza en la mesa de este café, donde los sentimientos vuelan por los muros como gaviotas en medio del crepúsculo, se que volverá a repetirse la historia de miles de años: la sirena caerá en las redes del poeta.

Cuando la sirena atravesó el umbral, el poeta ávidamente leía *Los versos del Capitán*: "no puede fallar", pensó al saludarla. Natalia le regaló un gesto al mirarlo y pidió para beber un capuchino. "No sabe que es sirena", especuló él de inmediato.

La tomó por el alma y la llevó a cabalgar por ese territorio de metáforas y alegorías. Le enseñó a desnudar las palabras y cómo sólo las palabras desnudas pueden representar cabalmente los sueños. Llevó hasta sus labios la risa y, en una comunión perfecta, sonrieron.

Le entregó una concha marina en la que dormía una pequeña flor púrpura y observó, una vez más, el mar invadiéndole la mirada. Entrelazó las manos a las de ella y enunció sus textos que dibujaban el amor que sentía por una mujer hermosa con el nombre de Natalia y esperó la repuesta de la sirena.

La mar, como decía Hemingway, es una mujer muy cambiante. Después de que el sol se marcha y deja de acariciarla, su marea quiere comerse a latigazos a las playas, hasta que su amado regresa y la calma. Esa manía de evolución la heredan sus habitantes, creo que por eso mi sirena se metamorfoseó en puta...

¡Pinche vieja! ¡Cómo está eso de tener novio! No se puede ser tan güila sin ser un poquito culera. Ella se lo pierde, no tendrá

la oportunidad de andar con un poeta, pero no con uno cualquiera que ya es bastante decir, sino con un poeta bien cabrón, como yo. Ni modo, tendré que ligarme a Lucía, que es hada.
A las hadas de hoy les gusta vestir de verde... ∎

Ritual

MI PRIMER SERVICIO FUE A LOS ONCE AÑOS.
"Servicio", así nos enseñó mi padre a decirle al negocio. Seguramente se lo escuchó al abuelo, como tantas y tantas palabras que heredamos, muestra de que las personas mueren, las
palabras no... si lo sabré yo. En ese entonces todo era un juego. Sí, un juego, pero un juego místico con dejos de ritual que se
sucedía en silencio. El idioma sólo era utilizado para lo indis-
pensable: pedir algún instrumento o algún líquido.

Creo que por eso nunca tuve mucho que decir. En la escuela incluso me apodaron *El Mudo*. Me importaba poco. No comprendían que el idioma es divino y no se debe malgastar. Y cómo
decirlo sin recordar la voz de mi madre recitando el Evangelio
de San Juan antes de sentarnos a la mesa:

En el principio la Palabra existía
y la Palabra estaba con Dios,
y la Palabra era Dios.
Ella estaba en el principio con Dios.
Todo se hizo por ella
y sin ella no se hizo nada de cuanto existiese.

De esa mujer aprendí que la palabra es creadora, sagrada, cómo desperdiciarla entonces en frases llanas, de ésas que no dicen nada pretendiendo decirlo todo. Por eso mismo en la casa estaba prohibido hablar durante la cena si no se tenía nada interesante que contar o, más bien, si no se tenían las palabras justas para contar cualquier cosa.

Los ocho hijos, incluido yo, teníamos que convertirnos en verdaderos zahoríes para hallar un manantial de frases que hiciera brillar los ojos del hombre delante de nosotros. Mi padre, como buen exégeta, analizaba minuciosamente cada elocución salida de nuestras bocas y, al final, una sonrisa noble nos hacía entender que estábamos cada vez más cerca de expresarnos como él quería.

—Llevé versos del libro de Rumi:

El ser humano es una casa de huéspedes.
Cada mañana un nuevo recién llegado.
Una alegría, una tristeza, una maldad
Cierta conciencia momentánea llega
Como un visitante inesperado.
¡Dales la bienvenida y recíbelos a todos!
Incluso si fueran una muchedumbre de lamentos,
Que vacían tu casa con violencia
Aún así, trata a cada huésped con honor
Puede estar creándote el espacio
Para un nuevo deleite
Al pensamiento oscuro, a la vergüenza, a la malicia,

Recíbelos en la puerta riendo
E invítalos a entrar
Sé agradecido con quien quiera que venga
Porque cada uno ha sido enviado
Como un guía del más allá.

—Pero pareció importarle poco. Me puso seis.

—¿Y qué hiciste?

—Le dije: "Maestra, esto es una humillación, no para mí sino para la poesía". Entonces terminó reprobándome por mi "actitud retadora".

Volvió su cabeza hacia mis manos y después miró mi rostro.

—Mañana no vas a la escuela. Te quedas conmigo.

Pero en ese momento yo no percibí esas órdenes, escuchaba solamente "estás listo, estás listo, estás listo…" y con el eco de esas palabras me cobijé en el sueño.

El servicio comenzó a las siete de la mañana con un proceso lento, minucioso, casi artesanal. El cuerpo era preparado lo mejor posible, siempre con un respeto absoluto y en silencio. No era la primera vez que veía un cadáver, pero sí la primera que lo sentí entre mis manos y tuve que romper algunas articulaciones para que las extremidades embonaran en las ropas que tenían dispuestas los familiares.

El ser humano se palpa tan débil en ese instante, tan lejano. Carente de todo sentido, carente de voz. El momento que me parecía más penoso se daba casi siempre en el cementerio, donde teníamos que cobrar los honorarios a los deudos. Entre

111

la tristeza, el agotamiento y la desesperanza pagaban con billetes humedecidos por el llanto. Ese era el dinero que sustentaba a mi familia, lo supe en aquel primer servicio, y tal vez por el develamiento, la cena me pareció demasiado salada. Creí que comía lágrimas derramadas por alguien más.

Después todo se volvió más fácil y más rápido. Los otros hermanos fueron agregándose poco a poco y aunque algunos abandonaron el oficio, no faltó quien abriera su propia funeraria. Yo pretendí convertirme en sacerdote y ya era casi experto en latín cuando falleció el viejo y tuve que regresar del seminario para hacerme cargo del negocio.

Lo único que nunca pude superar fue la mirada de las personas cuando llegaba a realizar algún trabajo. Me miraban con pena, compadeciéndome por realizar aquella labor. Yo permanecía callado, ahogando las ganas de reclamarles esos pensamientos hacia mi persona. No podían comprender que lo innatural era permanecer horas y horas aprisionados en las oficinas frente a las pantallas, en los bancos haciendo cuentas que al final de la jornada quedarían borradas por el tiempo.

Lo mío, en cambio, era imprescindible. El momento llega en cualquier respiro y hay que estar preparado para disponer las exequias. Era lo que no comprendían. La muerte es el verdadero rostro de la vida.

Lo más difícil ocurrió siempre en el hospital general. El papeleo y el traslado de los cuerpos desde el sótano hasta el estacionamiento se volvía engorroso. Aunque también el depósito de cadáveres era un lugar único. La sorpresa de las enfermeras cuando me veían entrar con comida hacia la morgue era de lo más divertido. En un trabajo de veinticuatro horas es necesario tomar de vez en cuando algún descanso para comer y no había otro espacio más idóneo que aquel donde la oscuridad era la constante, donde se degustaba el silencio.

El sótano del hospital siempre me gustó, pero ahora, desnudo sobre la plancha y con la cicatriz de la necropsia, no se ve igual. ▪

Mujer de maíz

I

Tenía 10 años y unos ojos donde se habían quedado estancadas dos lunas siamesas. Su cabello era negro y liso, lo supe tiempo después, porque de niña siempre la veía con trenzas. De su piel nacía el recuerdo de la suavidad y la perversión de la noche. Olía a maíz. Me le acercaba despacio, sin que lo notara, para percibir su aroma. Posiblemente fue la primera vez que conocí el deseo.

Emilia me llevaba a comer tacos acorazados sobre la calle No reelección, afuera del Pasaje Tajonar. Mujeres provenientes de las comunidades indígenas del sur de Morelos tendían su puesto en la banqueta. Arroz, guisado, salsa de aguacate y dos tortillas hechas a mano pueden salvar del infierno a cualquiera. En ese entonces yo tenía tal vez cuatro o cinco años. Esa niña me doblaba la edad. Hija de alguna de aquellas mujeres, me acariciaba el rostro o me daba palmaditas en el cabello.

Yo trataba de aproximarme al olor a maíz tierno que se escondía bajo su falda, a veces roja, en otras ocasiones azul. Nunca le vi las piernas o no lo recuerdo, pero siempre las pensaba con la misma fragancia. Me gustaba creerlo. Posiblemente fue la primera vez que conocí el deseo y también el misterio que guarda cualquier cuerpo de mujer.

II

Años después en el camión de la ruta cuatro volví a verla. No pasaba de los diecinueve. Iba de acompañante de un microbusero joven e imbécil. Me lo pareció así, porque en ese momento quería ser él. Tomarla del brazo, acariciarle el vientre mientras subía el pasaje, rozar una de sus nalgas como por descuido y que ella sonriera. La música a todo volumen. Creo que se escuchaba una guaracha. Quise partirle la madre por culero y por envidia.

Ella ya no usaba trenzas, sino un pantalón de mezclilla verde, entallado, que combinaba con una blusa corta y unas zapatillas igual de vulgares. Estaba sentada en el asiento justo detrás del chofer, para que él pudiera seguir con su ritual de manos sin esforzarse demasiado. Me le acerqué justificado por el sobrecupo del camión. Casi cuatro cuadras antes de bajarme, pude tenerla a mi lado. Mi uniforme de secundaria acentuaba la inocencia del acto. Toqué su cabello y percibí el rumor de su cuello. No olía a maíz, sino más bien a un perfume demasiado dulce, barato. Me mareó. Ni siquiera pude masturbarme esa tarde, cuando regresé a casa, y traté de recordarla. El tiempo no es más que pudrición con olor a tedio.

III

Con algunos amigos, ya en los primeros años de la universidad, caminábamos por Aragón y León, para ver a las prostitutas de la zona. Algunas tenían un encanto perverso en sus rostros, donde guardaban los vestigios de una niñez apenas abandonada. Otras invitaban al libertinaje con atuendos sucios de tan extravagantes. Las más sonreían como por encargo. Nada decían, ninguna propuesta, sólo estaban ahí paradas sosteniendo el tiempo con sus cuerpos en renta.

La vi, entre otras putitas, carcajeándose. No podía tener más de 25 años. Fumaba y reía. No miraba a los clientes. Su cuerpo había cambiado, pero aún recordaba rasgos de su delgadez. Su mayor mérito, o el que ella se esforzaba en subrayar, eran unas caderas relucientes, resultado de por lo menos un parto. Morena, desinhibida, con zapatillas rojas que le quedaban chicas. Desee verla desnuda a media mañana. Cuando intenté acercarme, pasó un hombre gordo y viejo en un Cadillac y se la llevó. Quise pensar una maldición contra la pinche vida, pero sólo me concentré en sus labios y en su carne de oro. Nunca pude saber si aún conservaba el olor a maíz. ∎

Pétalos de cempasúchil

I

Íbamos al cementerio a encontrar nuestros recuerdos. Los recuerdos no son nombres, fechas o lugares, me dijo el viejo. Los recuerdos son lumbre. Un aire en el corazón que se hace llama y nos alimenta por las noches. Es como el calor del mezcal bajando por el pecho. Así parece, así se siente.

A ellos les encendemos las veladoras para que nos recuerden. Son ellos, y no ninguno de nosotros, los que ruegan por nuestras almas. Nosotros penamos, ellos oran. El olvido es lo único que compartimos en ambos lados de los sueños.

Yo ya no alcanzo a ver muy lejos, muchacho. Ándale, lee bien en las tumbas para que no nos equivoquemos, para que prendamos la veladora en el lugar que corresponde. ¿Qué dice aquella? Dice: "Pedro Páramo". ¡Qué raro! Ese muerto se llama igualito que yo.

II

La noche era sostenida por el fuego en las tumbas. Ocotepec olía a cempasúchil. Se podía caminar entre las criptas que eran copias, en miniatura, de Iglesias. Había tamales y atole. También regalaban mole con arroz. Visitantes y pobladores comían durante la madrugada junto a los recién llegados.

Más allá del panteón se repartía la fiesta y el fuego. Al frente de una casa se había colocado la manta donde se leía: "Bienvenida, Mamá". Se trataba de un muerto nuevo, alguien que había fallecido en el último año. Su familia recordaba a la madre y la esperaba para celebrar el regreso.

En el Altar de Muertos se veían los alimentos que le gustaban. También había sal y agua. En la ofrenda se tiene que poner agua porque el camino es largo y cansado. La sal sirve para que ella misma prepare la comida a su gusto.

El dolor en el rostro de los familiares calzaba con la dicha. Deseaban tenerla cerca, a la madre, a la hermana, a la esposa, y esta noche era la indicada. En silencio, aguardaban la llegada. Habían comprendido el juego del tiempo. "Bienvenida, Mamá", decía la manta.

III

"Son tan raros estos mexicanos, como que miran desde adentro". Así lo menciona una gringa en la novela *Cóbraselo caro*, de Élmer Mendoza. Me gusta la afirmación. Trato de comprenderla. Ha de ser muy extraño ver a una bola de cabrones celebrando a la muerte.

Pero no hay que equivocarse. Nosotros no celebramos la violencia que siembra cadáveres por todo el país. No celebramos esta mierdera forma de acabar, el horror de cada día, las matanzas, la desaparición de estudiantes, la desdicha de las familias, el dolor de los hermanos, la angustia de los padres. Esas son degeneraciones del Umbral que siempre debería ser sagrado.

En México celebramos la muerte que no significa fin, sino continuidad de la vida. La muerte que es complemento, dualidad, la otra cara del día que tampoco es la noche. Celebramos a la muerte que, a final de cuentas, se trata de celebrar la vida.

IV

Los murmullos se hacían movimiento y frío y sombras, como el ruido de los zopilotes cuando se acercan. Los empezamos a escuchar más claros. Las campanadas avisaban las horas cada vez más rápido. Parecía que el tiempo se había encogido:

Señora de la madrugada: ruega por nosotros. Virgen de los melancólicos: ruega por nosotros. Virgen de los enamorados: escúchanos. Torre del poeta: ampáranos. Crisol de los alcoholes: ten piedad de nosotros. Señora de los pecadores: escúchanos. Señora de los pecadores: resguárdanos. Señora de los pecadores: acompáñanos en la muerte.

Es que se vienen caminando desde el cerro. Se escucha algo y luego se pierde y luego se vuelve a escuchar, como si fuera un aleteo de murciélagos. ¿Hace cuánto que usted viene, viejo?

Hace mucho, no me acuerdo, muchacho. Pero anda, lee las tumbas para poner las veladoras. Ya casi amanece y tengo que regresar. ■

Porque se fue Rodrigo

La abuela explicó que la maldición se reflejaba en las cucarachas. Las había en el patio y entre la ropa. Salían del fregadero. Llenaban los frascos de azúcar. Era imposible abrir un tarro de café sin que apareciera alguna. En los vasos, sobre los platos, en medio de las servilletas se presentaban. Incluso vivían debajo de los vinos que guardábamos en el sótano. Dejaron de temerle a la luz. Por la tarde, durante la mañana, las encontrábamos, dóciles, en cualquier rincón de la casa. Demostraban su victoria sobre los inquilinos.

Desde la partida de Rodrigo todo se fue pudriendo, decía durante su rosario de recuerdos. Éramos aún niñas, mis hermanas, mis primas. No podíamos decirle nada cuando la mirada de la abuela se iba coloreando de llanto. Las mayores también callaban. Era curiosa la manera en que compartíamos ese silencio, como si cada una de nosotras tuviera algo de culpa en la huida del abuelo. Hace ya tantos años. Uno se hace viejo con el mundo. Tomaba su taza de café y cerraba los ojos.

Primero perdimos La Hacienda Mariposa. Un caserón grande con terrenos para cultivar en el sur de Morelos. Había riqueza. Risas y amor. Las historias familiares hablaban de cabalgatas por los campos y la ordeña de las vacas. Hablaban de las gallinas, los guajolotes y los cerdos que se sacrificaban en días de fiesta. Cuando se quedó sola, la abuela enfermó. Nunca dormía. Se pasaba la noche esperando. Tenía llagado el sueño. Se deshizo de la propiedad y se quedó tan sólo con la amargura. Tomó a sus siete hijas y viajó a la ciudad, donde las fue casando, una por una, con hombres buenos, decentes, que les gustara trabajar, como lo manda Dios.

También como manda Dios, porque para mi abuela todo era designio divino, los maridos las abandonaron con el racimo de hijas, siempre mujeres, acrecentado por los años. Primas y tías nos fuimos refugiando en la casona que se había comprado con el dinero de la hacienda. No me gustaba. A ninguna. Era húmeda y las paredes se desmoronaban. Decían que la habían construido antes de la Revolución. A veces olía a muerte. La tristeza parecía empañarle los muros. Las siete mujeres y mi abuela ya ni siquiera buscaban consuelo en otros brazos. Bebían café durante esas tardes que anunciaban las noches más negras y crueles del año. Nosotras, las más pequeñas, callábamos. Nos repartíamos el silencio porque pesaba.

La abuela volvía a las desdichas. La maldición, contaba, se nos metió en los huesos. Algo pasó para que Rodrigo se fuera. No había otra mujer. Sus caricias, hasta la última de las madrugadas, no delataron otro amor. Pero vio algo que lo hizo huir. Algo grande que no podía enfrentar. Yo no pude ver eso que él vio, lo que nos traería la desgracia, y por eso partió aquella mañana, dejándome sola… estamos condenadas a morir solas.

Las cucarachas eran el recuerdo de la maldición que abrigaba a la familia. Se reproducían por miles. Había grandes, de un tamaño fascinante. Las más pequeñas daban repulsión. Se anidaban en los cuellos de las camisas, debajo de los manteles, atrás de la repisa, por los cobertizos, en los floreros, en las tapas de las ollas, en los cajones donde guardábamos los papeles importantes, en los ceniceros. Habían tomado la casa. Nosotras éramos las cautivas.

Los primeros recuerdos de mi infancia están matizados por el movimiento de las cucarachas. Pasaron años y nosotras con el silencio y la culpa y las paredes que se desmoronaban. Dolía el mundo tanto como el amor que a veces aparecía en la puerta, prometiendo una vida sin insectos. Cuando murió mi abuela, las cucarachas desaparecieron. ■

Crematorio

¡NO NOS DISPAREN, SOMOS ESTUDIANTES! ¡USTEDES se lo buscaron, hijos de la chingada! Tres disparos. La noche y el ruido bajan en forma de llovizna. El cielo es azul y rojo porque lo iluminan las luces de las patrullas. ¡Está grave! ¡Dejen de disparar! ¡A todos los vamos a matar! Algunas sombras corren. Otras deciden quedarse bajo los vehículos. La oscuridad quema en la garganta y en los ojos.

Somos de los medios. Nos llamaron para cubrir lo que estaba sucediendo. No puedo ofrecerle una declaración oficial porque aquí no ha pasado nada, señorita. Hay autobuses custodiados por la policía y balaceados en distintas partes del pueblo. La sangre va cubriendo las banquetas. Se rumora que algunos vecinos dieron protección a jóvenes que huyeron tras las primeras embestidas. ¿De verdad cree que en sus noticieros y sus periódicos le van a permitir publicar lo ocurrido?

Teléfono, mano, grito. ¿Ustedes están pendejos o qué? Pues llévenselos. Me vale madre que sean muchos. Llévenselos, he dicho que se los lleven. Ellos sabrán lo que deben de hacer. Al basurero, allá por la carretera. Ahora me vas a decir que no sabes a dónde llevarlos. No te hagas el cabrón conmigo. Escúchame: se los llevas en las camionetas de la policía y te van a estar esperando. No te van a preguntar nada. Si algo pasa, diles que son sicarios.

Es casi la media noche. El regimiento no duerme. Las denuncias telefónicas y los balazos han herido la madrugada. Una orden tiene que ser obedecida. Van rumbo al hospital. El informe establece que hay varios estudiantes heridos. Ninguno de los uniformados cuestiona el operativo. No pueden involucrarse. Son asuntos de los municipales. En el ayuntamiento sabrán las consecuencias. Y las órdenes al pelotón son infranqueables: no hay que involucrarse y, si se hace, hay que entregar a cualquiera a los policías.

¿Quién puede destrozarle el rostro a un hombre? Pasan meses, días, protestas. Frente a su computadora el académico intenta tratar el tema. La idea le taladra el cerebro. La tiene. Hará un texto donde los detectives más famosos de las novelas policiacas indaguen el caso. Es un genio. Se cree un genio. Qué vena humorística, qué moral tan intachable lo sostiene. Él puede bromear con la muerte y el dolor porque sus libros lo sostienen, porque las tres mil notas al pie de su última investigación le dan el sustento intelectual para desconocer la humanidad de unos muchachos y sus circunstancias.

Ya me cansé. Las investigaciones llegarán hasta las últimas consecuencias. Como se los prometí: ya tenemos la verdad histórica. Señor, la prensa internacional exige nuevas pruebas. Nadie cree en nuestra versión. Los titulares se agolpan contra el discurso oficial. Los columnistas pagados por las autoridades escriben cada vez con más furia, pero cada vez con menos inteligencia. Las palabras no pueden prestarse a tanta manipulación. Los artículos suenan huecos. Nadie los cree. Aún hay esperanza: las palabras nos recuerdan el poder del lenguaje.

Tenemos que andar. Tenemos que seguir. Tenemos que estar y no desistir. Luchan por lo que creíamos perdido. Son padres, hijos, hermanos. Somos aquí y ahora. La mañana ofrece los caminos. Ser estudiante significa ser todavía un refugio ante la barbarie. Todos los días veo rostros que se están preparando para la vida. Dialogan, ríen, viven. Hay que seguir. ¿Ustedes son sicarios? No, somos estudiantes. ∎

Nostalgias

LAS PIERNAS DE AQUELLA MUJER HACÍAN MÁS
cálido Madrid. No era el café compartido en la pequeña Calle
de León, cerca de la Plaza Tirso de Molina, sino sus piernas,
las que provocaban la sensación de ternura y silencio que
vestía a la ciudad. Unas horas antes, mientras recorríamos La
Gran Vía, ella había comprado un libro de arte. Lo hojeaba en
la mesa, tratando de explicarme alguna corriente arquitectó-
nica ligada a la historia de España, pero mis ojos se anidaron
en las medias oscuras que nacían debajo de su vestido verde.
En ese momento no existía mejor lugar para estar en el mundo
que ese café, que esa tarde, que esas piernas.

Por la mañana habíamos compartido las horas, desnudos,
en medio de un hotel frente a La Cibeles. De esos viajes extraños, con suerte, irrepetibles. También ella viajaba, me dijo. La
diferencia es que yo no lo hacía para olvidar ni para huir del
tiempo. Me habló de los años junto a su marido y de cómo se
puede vivir sin amar nunca. Pensé que lo quería, me dijo, porque a una le gusta que la llenen de atenciones, sentirse ama-
da, que se la follen como si nada más importara. Pensé que
podría llegarlo a querer más, a desearlo más. Eso nunca suce-
dió. A diferencia de los hombres, el amor de la mujer sí que
muere.

Pensé que lloraría, pero sólo alargó su brazo para tomar su bolsa y de ahí un cigarro que nunca prendió. Estaba prohibido fumar dentro de la habitación. Solamente lo pasaba por su boca. Sonreí a la corrupción de sus labios. ¿Te gusta así? E hizo un juego erótico con sus dedos y su lengua. Eres una experta. Con mi respuesta trataba absurdamente de halagarla. Yo lo sé, me dijo. Durante los últimos tres años con él, no permitía que me penetrara. Me daba asco. ¿Puedes creerlo? Lo más terrible es que yo sabía que él me era fiel. No se trataba de un mal hombre, ¿sabes? Así que le ayudaba. Se la chupaba dos o tres veces cada semana. Él se conformaba, yo dormía con menos reproches. Me hice buena en el negocio.

Le acaricié la pierna derecha mientras bebía el café. Seguro ella y su marido habían compartido muchos cafés, muchas caricias. Se les había marchitado un trozo de vida juntos, como sucede en todas estas historias de desencanto. Ni siquiera trató de mitigar el abandono, me contó. Salió una mañana de casa, le dijo adiós y se fue a buscar lo perdido con ese par de piernas que yo imaginaba como el origen del mundo. Eran dos sueños paralelos que podían sembrar de soles todas las noches de España o México o Estambul. Como para morir sobre ellas y demostrar que finalmente todas las muertes son por amor.

Le besé el rumor del café que le maquillaba la comisura izquierda. Miré sus ojos y tampoco hallé lágrimas. Es que la vida no es fácil, repetía ella cuando me miraba nostálgico. Tienes que aprender mucho todavía y no sólo a tocar las piernas. Cuando lo dijo sonrió como no lo había hecho desde que la conocía. Es necesario amar. Levantarse por la mañana y encontrar unas manos y unas palabras. ∎